Cuentos fantásticos

Literatura

Rubén Darío

Cuentos fantásticos

Selección y prólogo de José Olivio Jiménez

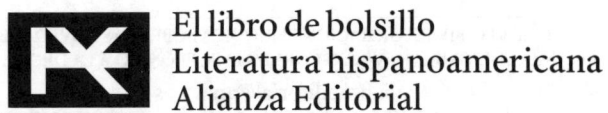

El libro de bolsillo
Literatura hispanoamericana
Alianza Editorial

Primera edición en «El libro de bolsillo»: 1976
Octava reimpresión: 1997
Primera edición en «Área de conocimiento: Literatura»: 2001
Primera reimpresión: 2011

Diseño de cubierta: Alianza Editorial
Ilustración de cubierta: Ángel Uriarte

Reservados todos los derechos. El contenido de esta obra está protegido por la Ley, que establece penas de prisión y/o multas, además de las correspondientes indemnizaciones por daños y perjuicios, para quienes reprodujeren, plagiaren, distribuyeren o comunicaren públicamente, en todo o en parte, una obra literaria, artística o científica, o su transformación, interpretación o ejecución artística fijada en cualquier tipo de soporte o comunicada a través de cualquier medio, sin la preceptiva autorización.

© del prólogo y la selección: José Olivio Jiménez
© Alianza Editorial, S. A., Madrid, 1976, 1979, 1982, 1987, 1990, 1994, 1996, 1997, 2001, 2011
Calle Juan Ignacio Luca de Tena, 15;
28027 Madrid; teléfono 91 393 88 88
ISBN: 978-84-206-7201-4
Depósito legal: M. 47.310-2010
Impreso en Fernández Ciudad, S. L.
Printed in Spain

SI QUIERE RECIBIR INFORMACIÓN PERIÓDICA SOBRE LAS NOVEDADES DE ALIANZA EDITORIAL, ENVÍE UN CORREO ELECTRÓNICO A LA DIRECCIÓN:

alianzaeditorial@anaya.es

Prólogo

Una introducción suficiente al tema que anuncia el título de este libro requeriría, si el espacio lo permitiera, delimitar cumplidamente el concepto de *cuento fantástico;* y después, la posición del Darío cuentista dentro de la historia de aquel género. Imposible de satisfacer en tal forma ambos objetivos, nos hemos de reducir a algunas rápidas observaciones; y, de paso, indicar unas pocas referencias bibliográficas que permitan, al lector no versado en este campo, adentrarse por sí mismo en sus más importantes cuestiones.

La aparición de lo sobrenatural –asociado por lo común a lo fantástico pero no coincidentes de un modo exclusivo– es tan antigua como la literatura misma, especialmente en el folklore de los pueblos antiguos y modernos. Sin embargo, para poder atisbar los comienzos de la tendencia que ya *se mueve* en dirección a lo que en nuestro tiempo hemos acabado por colocar bajo el rubro de *literatura fantástica,* habrá que esperar a la segunda mitad del siglo XVIII, en los senos mismos del racionalismo ilustrado, para verla entonces como nacida justamente en calidad de reacción contra los excesos de aquél. «El Siglo de las Luces –escribe Roger Caillois– termina precisamente con un resonante desquite de lo maravilloso [1].» A esta era pertenecen el francés Jacques Cazotte (1719-1892) y su relato, *El diablo enamorado* de 1772; y el inglés Horace Walpole (1717-1797), iniciador con *El castillo de Otranto*, de 1764, de la llamada novela *gótica* o *negra*, que tanto auge tendrá en la centuria siguiente. Sin distinguir todavía entre los diversos matices que cabrán dentro de esa «nueva sensibilidad» antirracionalista (lo extraño, lo fantástico, lo maravilloso, lo macabro, el misterio, el terror), puede decirse que en la transición del XVIII al XIX se sitúan la vida y la obra de los más importantes iniciadores del género: los ingleses Anne Radcliffe (1764-1823) y Mathew G. Lewis (1775-1818), dos figuras también prominentes de la novela gótica; los alemanes Théodor Hoffman (1776-1822) y Ludwig Achim von Arnim (1781-1831); la aparición del *Vathek, cuento árabe* (1786) de William Beckford [2]; y, sobre todo, una obra maestra en la génesis del género: el *Manuscrito encontrado en Zaragoza*, escrito en francés por el polaco Jan Potocki y cuya primera parte, publicada en San Petersburgo, es de 1804 [3].

Será después, en el amplio período que se entreteje del romanticismo al simbolismo –es decir, a todo lo largo del siglo XIX– cuando esta modalidad irá definiéndose con mayor nitidez y enriqueciéndose grandemente. De ese modo, cuando hacia los finales de este siglo surgen Darío y el modernismo, encuentran ya dentro de aquella modalidad una importante tradición. Aun sin entrar en las posibles distinciones apuntadas (que de extremarse con un enérgico carácter excluyente dejarían para el cuento *fantástico* un radio de acción muy limitado), en dicho siglo adviene una precipitación masiva de exploradores y narradores del misterio y el horror, cuya nómina es ya familiar al lector culto de hoy. Nathaniel Hawthorne, Prosper Mérimée, Théophile Gautier, Charles Nodier, Guy de Maupassant, Villiers de l'Isle Adam, Edgar Allan Poe, Robert Louis Stevenson. Y aun escritores que la historia literaria suele adscribir al realismo. Balzac y Dickens, por ejemplo. La escueta relación anterior abunda, por demás, en omisiones que el enterado descubrirá bien pronto, pero no se pretende aquí un catálogo exhaustivo ni mucho menos. De entre todos, una figura sobresale, por sí misma y, para nuestro interés, por la influencia ejercida en las letras hispanas: Poe [4]. Otros autores nacidos en ese siglo proyectan ya buena parte de su obra en el XX (Kipling o Lovecraft, entre ellos), pero es necesario articular cuanto antes este velocísimo itinerario con el ámbito histórico (lingüístico y literario) en que se inscribe la producción de Rubén Darío, que es nuestro punto de llegada.

Con esto nos referimos, claro está, al modernismo y, en general, a la época en que tal movimiento se enmarca. Baste recordar algunos nombres. En España: Azorín (y su *Félix Vargas*) y, más sostenidamente, Valle Inclán. En la América hispana: Darío, Clemente Palma, Leopoldo Lugones, Amado Nervo, Horacio Quiroga, Alfonso Hernández Catá. De un modo u otro, todos incursionaron en el misterio y fueron cultivadores más o menos incidentales de lo fantástico. No es que escasearan antecedentes inmediatos en uno y otro lado del Atlántico. Otra vez aquí, incluso en escritores peninsulares del realismo: Galdós, Alarcón, la Pardo Bazán (además de la ya no tan inesperada inclusión entre ellos de Bécquer) [5]. Y los mismos antecedentes podrían rastrearse en las letras americohispanas, aun desde las crónicas de la Conquista, pero no pasarían de ser insinuaciones, anuncios. Ya en la llamada generación argentina de 1880, precedente contiguo del modernismo en aquellas tierras, así aparecen dos nombres que no deben quedar inadvertidos, pues contribuyen a crear allí un cierto clima que es el que Darío encontrará al instalarse en Buenos Aires en 1893. Son los de Eduardo Wilde (1844-1913) y Eduardo L. Holmberg (1852-1937) [6]. Pero aquí resulta de interés recordar que cuando una estudiosa tan seria de estos temas, como es Ana María Barrenechea, se refiere a tales precedentes en la región porteña, lo hace para señalar que «existían antes de la llegada de Darío a Argentina leyendas románticas y fantasías premodernistas [que] recogían las macabras influencias de Poe»[7]. *Leyendas y fantasías,* escribe con cautela la autora, al par que destaca (dándole por su mención específica una relevancia singular) el hecho del arribo de Darío a ese país. Es un testimonio, nada implícito, que nos lleva a considerar a aquél, entre los modernistas, como uno de los primeros en tener una conciencia del género y una *voluntad* de cultivarlo como tal. Y hay que notar que ello ocurrió precisamente durante su estancia (1893-1898) en aquella metrópolis sudamericana, ciudad donde ya existía –y sigue existiendo– una fuerte inclinación, aun a nivel de difusión popular y publicaciones, al cultivo de las ciencias esotéricas, la parasicología y los estudios metasíquicos.

Tal relación entre este género (que se nos presenta así como una de las más importantes contribuciones del modernismo) y la afición a las ciencias que heterodoxamente exploran lo arcano, ni es fortuita ni, en verdad, exclusiva de aquella zona del continente. La crítica lo va viendo cada día con mayor claridad. Ricardo Gullón ha escrito al efecto: «A través del modernismo literario fluye una vasta corriente esotérica, integrada por la acumulación un tanto caótica de doctrinas procedentes de religiones orientales, hindúes sobre todo, del pitagorismo y los textos gnósticos, de la Cábala hebrea y de la teosofía, con sus casi inevitables arrastres de vulgarización y charlatanería. No conviene dar de lado, bruscamente, a los charlatanes, ni aun a los falsarios. Mme. Blavatsky y otros muchos como ella pueden haber contribuido mucho a que poetas y narradores escribieran como lo hicieron. Que las doctrinas esotéricas atrajeran a los modernistas por cuanto tienen de aproximación al misterio es cosa que me parece segura; las entendieron como impulsos órficos de penetración en la sombra y desentendiéndose de otras particularidades buscaron en ellas la clave perdida de los enigmas radicales de la existencia: de la vida y de la muerte y del más allá»[8].

Estas sugestiones nos conducen a pensar que cuando Darío y sus coetáneos intentan el tratamiento voluntario de lo fantástico como género, sin poseer antes una gramática emancipada del mismo, la magnitud de su inicial esfuerzo –emprendido además con un natural retraso– les impide sobrepasar el peso (que estéticamente puede ser una rémora) de esa vaga y difusa neoespiritualidad que con tal esfuerzo andaba mezclada, y les obstaculiza al avance hacia unas nuevas normas y técnicas de mayor libertad dentro del género. Lo que en común les daba apoyo –es decir, la búsqueda de más abiertas y directas formas de encarar el misterio, que el cristianismo católico les vedaba– tenía ya su tradición en Occidente; y si esto fue así (algunos autores norteamericanos y una gran parte de la literatura europea del XIX lo reafirman), era natural que los nuestros, en su primer movimiento en tal dirección (y en sus consecuentes productos literarios: el cuento fantástico, entre ellos) no podrán aportar nada decididamente original, sino que se limitarán a sumarse a esa tradición. Gloso aquí observaciones atinadas de Rafael Llopis, quien no encuentra (porque no lo hay) en los cultores modernistas de la narración fantástica «el eclecticismo, la libertad, la expansión preceptiva que caracterizarán al moderno cuento fantástico hispanoamericano» [9]. No invalida su aserto el hecho de que algunos rasgos aislados de aquéllos reaparezcan, con mayor complicación estructural y más amplia soltura imaginativa, en los cuentistas de hoy. Por ejemplo, ese personaje-narrador que, en Darío, se descuida más o menos largamente del hilo general de la trama para entretenerse (es lo más frecuente) en teorizaciones y datos sobre el ocultismo: tal pareciera, con ese doble juego de planos (el narrativo y el especulativo), que esbozara el entramado de la característica *ficción-ensayo* en que Borges brillará después en muy personal y desembarazada manera. No es de creer que en punto a antelaciones sea posible pasar más allá en Darío; pues su uso casi ingenuo del *doble* (en «El Salomón negro») apenas consiente un paralelo con las elaboradas fabricaciones que sobre este tema tejerá después Julio Cortázar (ni siquiera con los otros escritores surgidos a la vida literaria durante la misma época modernista que de él se valieron, como Horacio Quiroga).

De otra parte, y casi como obstáculo que ha conspirado contra una justa valoración de la cuentística de Darío, está su obra misma, con un haber de grandeza y genialidad mayor en la poesía que en la prosa (con ser ésta cuantitativamente superior). Aun su interés y su significación en la literatura narrativa fueron dañados, en cuanto a reconocimiento crítico, por la circunstancia de haber publicado en vida una sola colección de cuentos: los que se integran, con otras composiciones en verso, en las dos ediciones de su *Azul...* (1888 y 1890). Todavía para muchos lectores, el Darío cuentista es el pulcro artista parnasiano que se revelaba en aquel libro: fabulador esteticista de apologías del arte y de ambientes parisinos y exóticos. Sin embargo, los mejores cuentos de Darío (en general, pues algunos de los de *Azul...* no han sido mellados con el tiempo y será difícil que ello ocurra) después de 1890: entre éstos, los de misterio y los fantásticos, que en aquel libro todavía no asoman. Circularon sólo parcial o desordenadamente, hasta que en 1950 Ernesto Mejía Sánchez preparó y dio a luz en México el volumen de sus *Cuentos completos* (no tan completos ya: que no estaban allí dos de los que recogemos en nuestra selección y que son «D. Q.» y «Huitzilopoxtli»). Ese volumen está más que agotado hoy, y curiosamente no se ha reimpreso a pesar de su urgente necesidad. Quien escribiera para dicho libro su extenso y excelente estudio preliminar («Los cuentos de Rubén Darío»), el crítico argentino Raimundo Lida, concluía así, a modo de resumen, su valoración de los mismos: «Más allá de lo que signifiquen para la historia de la literatura narrativa en Hispanoamérica, y aparte y por encima del oficio instrumental y complementario que les corresponda en el estudio de Darío poeta, esos cuentos pueden por sí aspirar a una dignidad propia y autónoma, a una justa y suficiente inmortalidad» [10].

Ya el mismo Lida, en dicho trabajo, se detiene en certeras puntualizaciones sobre varios de los cuentos fantásticos del autor. Años más tarde se ocupará de estudiarlos específicamente el también argentino crítico y novelista Enrique Anderson Imbert en su ensayo «Los cuentos fantásticos de Rubén Darío» de 1967[11]. El contenido de ese ensayo pasó casi al mismo tiempo a constituir el capítulo XXI («El cuento fantástico») de su valioso libro *La originalidad de Rubén Darío* (Centro Editor de la América Latina, Buenos Aires, 1967). Aquí se le puede leer con mayor utilidad aún, pues va precedido por otros dos capítulos afines (el XIX: «El mundo de los sueños»; y el XX: «Sincretismo religioso»), absolutamente indispensables para ahondar en el sentido último de lo fantástico en Darío. En honor de la más estricta justicia, hay que decir que estas páginas de Anderson Imbert han de ser tomadas como la verdadera y más provechosa introducción a esta antología.

Las dificultades aumentan si tratamos de decidir en nuestro autor, de entre sus cuentos no realistas o cuya sustancia es la irrealidad (la mayoría de ellos), cuáles en rigor merecen la catalogación de *fantásticos*. Muchos podrán leerse cuando más como cuentos *extraños:* aquellos en que, por insólito que parezca lo narrado, al cabo «las leyes de la realidad quedan intactas y permiten explicar los fenómenos descritos» según Tzvetan Todorov[12]. Otros nos llevarán sin mayor dificultad a «admitir nuevas leyes de la naturaleza mediante las cuales el fenómeno puede ser explicado», con lo cual estamos en el género de lo *maravilloso*. En la primera de estas dos posibilidades, «La larva», que cuenta una corporización sepulcral que Darío aseguró presenciar, podría ser justificado por una ilusión de los sentidos, o sea una percepción errónea por alucinada de su protagonista: sería entonces, sencillamente, un cuento extraño. «El Salomón negro», del otro lado, es absolutamente improbable según las leyes físico-racionales de la realidad: se narra aquí, pues, algo que cae en lo sobrenatural aceptado, es decir, en lo maravilloso –reino de esas leyes nuevas y desconocidas que en última instancia podrían admitirse [13].

Se habrá advertido que estamos moviéndonos ya en las categorías empleadas por uno de los más serios y próximos teóricos de la literatura fantástica de nuestro tiempo: Tzvetan Todorov. Para éste, la esencia –lo impostergable– para llegar «al corazón de lo fantástico» requiere la *duda* o vacilación entre una u otra de las dos opciones brevemente resumidas más arriba. Así puede escribir: «Lo fantástico ocupa el tiempo de esta incertidumbre. En cuanto se elige una de las dos respuestas se deja el terreno de lo fantástico para entrar en un género vecino: lo extraño o lo maravilloso». Ante tan rígido planteo, pocos cuentos darianos, de los que consideramos fantásticos, podrían contestar satisfactoriamente; ya que en ellos (con escasas excepciones: acaso «Thanathopia», «El caso de la señorita Amelia», «D. Q.») lo común es que el lector no se sienta agarrado por esa duda o vacilación. Pero poco después el mismo Todorov se adelanta a tranquilizarnos: «Sin embargo, nada nos impide considerar lo fantástico precisamente como un género siempre evanescente»; lo cual, añade, «no tendría por otra parte, nada de excepcional». Y más adelante: «Sea como fuere, no es posible excluir de un análisis de lo fantástico, lo maravilloso y lo extraño, géneros a los que se superpone». Vale decir, en suma, que sin salir siquiera de Todorov, el estímulo hacia una necesaria antología de los cuentos fantásticos de Darío queda ya suficientemente justificado y robustecido.

Y aún más cuando de él pasamos al intento de tipología de la literatura fantástica que, precisamente como réplica a aquél, ha ensayado recientemente Ana María Barrenechea. Para ella no es necesario acudir al posible carácter «evanescente» del género, puesto que es su criterio que la delimitación de lo fantástico no tiene que «estar basada en la oposición DUDA/DISIPACIÓN DE LA DUDA que los mismos cultores del género no encuentran esencial». Y a continuación afirma: «Un gran sector de obras contemporáneas no se plantea siquiera la duda y ellos admiten desde la primera línea el orden de lo sobrenatural, sin por eso permitir que se las clasifique como maravillosas» [14]. La tipología ofrecida por A. M. Barrenechea es más amplia y comprensiva, y bajo su luz no es arbitrario el calificar cómodamente como fantásticos la mayoría de los cuentos de Darío que aquí incluimos. La misma escritora establece tres tipos de órdenes dentro de las obras fantásticas; y uno de ellos es explícitamente el que agrupa piezas en que «todo lo narrado entra en el orden de lo no natural». Es esto algo frecuente en Darío, quien apenas parece tener en cuenta la exigencia de Roger Caillois de que para lograr el efecto fantástico se hace imperiosa la intromisión de lo inadmisible en el mundo real con la reacción consecuente y para él inexcusable de miedo o terror por parte del lector. Pero ya en este particular aspecto, el mismo Todorov se había opuesto a Caillois en cuanto a su insoslayable exigencia del miedo dentro de lo fantástico, que en rarísimas ocasiones se experimenta ante los relatos de Darío.

«La literatura fantástica es hija de la incredulidad»: con esta frase encabeza Louis Vax su recorrido histórico de esa literatura [15]. Pero la incredulidad –tanto como a lo que ella se opone: la credulidad, la fe– tiene límites bastante imprecisos: esos límites, a su vez, pueden oscilar del autor de un texto fantástico a su personaje (en tanto que criatura desprendida de su creador), y de éste al lector. Enrique Anderson Imbert, consciente tal vez de ello, en su estudio citado prescinde de definiciones más o menos técnicas del cuento fantástico, aunque va dejando caer varias personales suyas, todo lo provisorias que se quiera, al hilo de sus observaciones más concretas sobre las narraciones que comenta. Una de esas definiciones parecería estar específicamente escrita para y por Darío. Es ésta: «A un cuento podemos calificarlo de fantástico si comprobamos en su texto que la intención del cuentista ha sido valer, como única explicación de los hechos que cuenta, la que él ofrece porque así le da la gana. Esta explicación es arbitraria, antojadiza, independiente de las explicaciones racionales que valgan para hechos análogos que se den fuera del cuento. Quien quiera estudiar los cuentos fantásticos de Darío debe comprender, pues, su intención»[16]. El solitario e hipersensible joven que protagoniza «Thanathopia» descubre, al ver por primera vez a su madrastra, que su padre se había casado con una mujer difunta. Fuera de la composición, la ciencia dirá que el joven sufrió un ataque de locura; o ciertos creyentes aventurarán que el padre practicaba la magia negra, de tan antiguo abolengo. Dentro del cuento, el joven *vio* una muerta: eso es todo.

Sin descender aún a los temas precisos de cada uno de sus cuentos, debe observarse que, por lo menos, de dos amplios círculos o niveles de fuentes proceden los materiales a que Darío dará forma estética, con mayor o menor fortuna según en igual y respectivo grado pueda distanciarse de aquéllos y objetivarlos artísticamente. Uno de esos niveles es el onírico, del que más adelante se preocupará aún teóricamente: desde los sueños y pesadillas ligados a vivencias personales («La larva») hasta sueños más complejos y universales que compartió (o librescamente en ellos aprendió) con los autores que leía. En «La pesadilla de Honorio» el sueño de éste se abre bajo «la perspectiva abrumadora y monumental de extrañas arquitecturas, órdenes visionarios, estilos de un orientalismo portentoso y desmesurado». Y se cierra con la contemplación de «los siete pecados capitales multiplicados por setenta veces siete». Todo ello remite paralelamente –como ya observó con agudeza el propio Anderson Imbert– a «la tristeza de perspectivas monumentales muy vastas» y al «vértigo de la exageración oriental de las cantidades», que son los términos literales con que habló Mallarmé del Vathek de Beckford, en su prólogo a la edición de esta obra que aquél propició en 1876. Las conocidas variaciones en torno a la frase tópica («En ese momento se despertó, y vio las paredes de su cuarto...»), que Todorov en su teoría registra como demoledora de lo fantástico, no son infrecuentes en Darío. Dos veces recurren de modo bien claro: en el anteriormente mencionado, y en «Cuento de Pascuas», a más de sugerirse en otros. «Lo fantástico no es precisamente lo onírico, pero esto lo contiene», sostiene el nicaragüense en su ensayo sobre «Edgar Poe y los sueños». Desde 1893 escribió cuentos que trataban de dar realidad literaria a sueños y visiones nocturnas: más tarde intentará analizar y pronunciarse directamente sobre lo onírico.

Otro nivel, éste más amplio, fue el integrado por sus creencias ocultistas y esotéricas. Inició sus lecturas de teosofía, según parece, hacia 1890; creyó y debió haber practicado el espiritismo (y se interesó en la clarividencia y en el mesmer); defendió a la fundadora de la Sociedad Teosófica, Helena P. Blavatsky, y a su «bravísimo profeta», el coronel Olcott (aunque con respecto a aquélla la llamara «inteligentísima rusa» y «renombrada y extraordinaria taumaturga» a un tiempo en que se adhería a quienes la tildaban de charlatana e impostora, en una dual y opuesta tensión nada rara en Darío); se entusiasmó con mayor firmeza en el ocultista francés Gérard Encause («Papus»), cuya amistad cultivó en sus años de París; gustaba de prolongarse en largas pláticas sobre esos temas con amigos que profesaban aficiones comunes: los argentinos Leopoldo Lugones y Patricio Piñeiro Sorondo, entre los que en este sentido más menciona. Creía y descreía en todo, en un movimiento oscilante y espontáneo (es decir, de buena fe) que nunca le apartó de un modo total de la raíz católica de donde procedía y en la que vino a morir. Ese sincretismo religioso, más turbador en él dada la fragilidad que regía su temperamento y su carácter, no le fue exclusivo entre los hombres del fin de siglo. Se trata, por el contrario, de un fenómeno general que Ángel Rama ha explicado bien: las (supuestamente) nuevas y entrecruzadas formas de religiosidad –cada una de ellas aureolada por el prestigio de sus lejanos y herméticos orígenes– respondían a la urgencia de saciar «la insatisfacción y el vacío que la emergencia científica causó en las conciencias humanas y que no podían colmar las religiones tradicionales (cristianas)...»[17]. Darío mismo, y esto lo consigna en algún sitio de *El mundo de los sueños,* decía esperar el día «en que la ciencia y la religión confundidas hagan ascender al hombre al conocimiento de la *ciencia de la vida»;* y hasta se atrevía a augurar que de aquélla surgiría al cabo «un Colón del más allá». Igual que tantos espíritus inquietos de aquellos años, aspiraba a unir –como lo hace en su comentario a los cuentos de Wells– el «milagro de la ciencia» y el «milagro religioso». Son muy significativas las frases con que concluye ese ensayo: «No será la conquista de lo Absoluto, pero lo Absoluto se acercará tanto que se dejará divisar. Quizá venga a la humanidad el desarrollo completo de un nuevo sentido. ¡Quizá, Dios, por fin, consienta en...!».

Y en sus cuentos, varias son las ocasiones en que el narrador se sumerge en un apretado y nada profundo resumen de sus lecturas y conocimientos en la materia, como para robustecer con una sólida argumentación científica la extrañeza de lo relatado. El doctor Z, en «El caso de la señorita Amelia», abre su narración y la interrumpe alguna vez (hasta el punto de que la relación del «caso» viene a quedar, por la extensión que se le regatea, como un cuento dentro de otro) con largas tiradas sobre el Hermes Trismegisto e Isis, sobre la Cábala, sobre la escala que va del plano material (el del *sabio)* al astral *(mágico)* y de éste al espiritual *(mago);* sobre tantos otros temas: Apolonio el Thianense y Paracelso; el inglés William Crookes (de cuyas popularizadas y discutidas experiencias con la supuesta difunta viva Katy King puede proceder la idea matriz de «Thanathopia»); el Karma budista; los inevitables Blavatsky y Olcott; y todo un mundo de mahatmas, faquires, gurús y monjes budistas del Tíbet. En suma: una parcial enciclopedia de lo oculto. Lo mismo se repite (con mayor número de menciones tal vez) en «Cuento de Pascuas»; y no deja de aparecer en otras piezas, como «Verónica». La dependencia de lo fantástico al reino de lo esotérico no le condujo siempre a los más felices resultados estéticos; pero el hecho constituye un rasgo notable de la espiritualidad de los tiempos, que trasciende a la literatura y debe ser por ello destacado (además de la incidental precedencia que cobra respecto a nuestros años, cuando aquel hermético saber de iniciados de entonces se ha convertido en alimento espiritual a niveles populares y masivos). Ya se sabe que los más escrupulosos vigilantes contemporáneos de la ortodoxia literaria de lo fantástico rechazan como espurias estas explicativas interferencias seudocientíficas dentro de aquélla. Pero Darío no es un escritor contemporáneo (pues a pesar de sus geniales avances hacia la modernidad en poesía, acaso sea lo que de él ha sugerido Octavio Paz: el menos «actual» de los modernistas), y en lo fantástico se adentró con el bagaje, y las limitaciones de su época, que era la del modernismo [18].

Y todo ello, como se ha visto, aderezado con una ostentosa exhibición de su estar al día en esos secretos temas. Si en poesía pobló sus versos de lejanas alusiones mitológicas, en cuentos y crónicas lo hizo de referencias al mundo del ocultismo y ciencias afines. En una forma u otra, manifestaciones son del conocido *prurito culturalista* del modernismo: máscara que encubría la inseguridad del americano frente a Europa, y delataba la expresa voluntad de superar el trasnochado colonialismo espiritual de la América hispana del XIX (aunque en el fondo no hiciera otra cosa que ampliar sus dominios, bajo la cobertura entonces de un extremoso cosmopolitismo).

Podemos acercarnos ya a los *asuntos* inmediatos de sus cuentos fantásticos. Los estudiosos de esta modalidad no han podido todavía ponerse de acuerdo –dudoso es que se llegue a ello algún día, por la índole misma de aquélla– sobre la legitimidad de todos los temas que pueden recibir un tratamiento no ambiguo dentro de lo fantástico [19]. Sin seguir fielmente ninguna de las tipologías al alcance, nos limitaremos a describir muy brevemente los que Darío manejó como sustancia directa de sus narraciones (aclarando que somos sabedores de que, aquí y allá, caemos en lo extraño y en lo maravilloso, con lo cual se ratificará ese carácter «evanescente» que, de atenernos al mismo Todorov, tolera la literatura fantástica). Milagros piadosos que desafían el tiempo y el espacio, y cuando más producen un suave efecto de sorpresa: «Cuento de Noche Buena». Vampirismo, en el sentido teosófico (y asimilable al de la magia negra) de muertos que se aferran a sus cuerpos físicos: «Thanathopia». Sueños de vasta proyección universal: el desplome del mundo y la infinita procesión de todas las Fisonomías y todos los Gestos: «La pesadilla de Honorio». Detención milagrosa del tiempo, a partes iguales con pasajes de adoctrinamiento ocultista: «El caso de la señorita Amelia». La presencia y acción del diablo, que con su metamorfoseada aparición induce a hechos terribles e insólitos: «Verónica»; o se corporiza para enseñar la inversión negativa y sombría de los valores luminosos del mundo cristiano: «El Salomón negro» (susceptible de ser leído como un cuento maravilloso y a la vez como una transparente alegoría religiosa). Metempsicosis o reencarnaciones: «D. Q.». Materializaciones sepulcrales (larvas, empusas, «un elemental, como diría un teósofo» según Darío a propósito de la experiencia autobiográfica de que procede este cuento): «La larva». Pesadillas terroríficas y otra vez universales, en unión del tema de las reencarnaciones (la dama del galón rojo al cuello, en un baile de sociedad del día, es la decapitada María Antonieta de la Revolución Francesa): «Cuento de Pascuas». Rescate del misterio y de las «cosas extraordinarias» que aún dominan la vida real en las culturas primitivas: «Huitzilopoxtli», posiblemente el último cuento de Darío.

Se han enumerado los temas siguiendo el orden de los cuentos en esta antología, el cual a su vez reproduce el de su publicación original. Obvio es advertir que, a veces, varios de esos temas se entrelazan en una misma historia. Y que muchos de ellos –ya que no estamos aún en el nivel *literal* de lo fantástico a que llegará el cuento contemporáneo– dan explícita o sugerentemente la clave física o fisiológica que inscribe lo sucedido en el ámbito racional, haciéndolos pasar de lo estrictamente fantástico a lo extraño. Así, la acción física de soñar explica «La pesadilla de Honorio»; la del sueño inducido por las drogas –el opio, la *droga sagrada*– el «Cuento de Pascuas»; y la del alcohol combinado con la marihuana, «Huitzilopoxtli». Son lastres de un racionalismo aún no superado, pero no lastres que usufructuara exclusivamente Rubén en la literatura de sus años.

Nuestra edición

En la selección de los cuentos fantásticos de Darío hemos tratado, dentro de la natural dificultad delimitativa del género que ya se ha comentado, dar representación a los que mejor se atienen a las normas más generales y flexibles que aún consideramos válidas para la literatura de su tiempo. Le hemos visto, así, como un escritor *modernista* de relatos fantásticos, no como un creador actual de los mismos. Esta última y posible visión astigmática (que no es sino otra forma más de anacronismo crítico), a que son proclives los jueces implacables de la modernidad, suele por lo general producir más error que justicia y acierto en la crítica. Y aun así, nadie podrá escamotearle a Rubén Darío su importante rol de avanzado en esta modalidad narrativa dentro de las letras hispanas, lo cual prueba sin lugar a dudas este puñado de cuentos suyos que aquí se reúne. Otra intrínseca particularidad de su escritura nos ha salido al paso –y es la misma de las que todos los que se han interesado en su literatura fantástica han tenido que dar fe–. Nos referimos ahora a la gracia poética de su lenguaje, que suele dar una inquietante aura de irrealidad a sucesos y ambientes en sí reales. Vale decir: nos hemos impuesto evitar la entrada a la «fantasía» (dígase con mayor precisión: a la «fantasía lírica»), que tan fácil y continuadamente alcanza Darío en virtud de su palabra grácil, bella y sugerente; y sí sólo concedérsela a lo que «se nos aparece», en el sentido etimológico y literal que de lo *fantástico* recuerda oportunamente Anderson Imbert y que como tal, y en una dimensión más o menos laxa, ha llegado a constituir una categoría genérica y autónoma, con las naturales variaciones que la sucesión histórica de los tiempos y los estilos determina.

Se ha completado el volumen con un largo trabajo de Darío sobre «Edgar Poe y los sueños», de innegable afinidad con los temas de sus cuentos fantásticos.

Quede aquí franca constancia de nuestras deudas y, por ello, de nuestro reconocimiento a Ernesto Mejía Sánchez por su documentada edición de los *Cuentos completos* de Darío; y a Enrique Anderson Imbert por el valioso material informativo e interpretativo que contiene su estudio varias veces mencionado. Tributarias de las aportaciones de todos ellos son algunas de las ideas fundamentales de estas páginas; y, en mucho, los datos con que hemos compuesto las parcas notas que, en los momentos indispensables, hemos creído conveniente añadir al final de los textos mismos.

Notas

1. Roger Caillois, *Antología del cuento fantástico* (Editorial Sudamericana, Buenos Aires, 1969), pág. 14.
2. De este libro ha escrito Guillermo Carnero, en la introducción a su versión española (Seix Barral, Barcelona,1968): «*Vathek* no es ni una "novela gótica" de terror, ni una "novela alpina" ni un cuento oriental ni un libro iniciático sino todo ello a la vez» (pág. 27). Esta publicación lleva también el prólogo que a su edición de 1876 escribiera Mallarmé, y que contiene intuiciones de éste sobre *Vathek* que han sido aprovechadas por la crítica, como ya se verá, en relación a algún cuento fantástico de Darío, quien probablemente lo conocía muy bien.

3. Hay una accesible versión en español: *Manuscrito encontrado en Zaragoza*, prólogo de Julio Caro Baroja, traducción y nota biográfica de José Luis Cano (Alianza Editorial, Madrid, 1971).
4. Esa influencia ha sido estudiada: John Englekirk, *Edgar Allan Poe in Hispanic Literature* (Instituto de las Españas, Nueva York, 1934).
5. Lo fantástico se ha cultivado en España más de lo que a simple vista parece. Para una ratificación de ello (desde Juan Manuel en la Edad Media, y Lope, Quevedo y Calderón en los Siglos de Oro, hasta escritores contemporáneos y aun jóvenes), véase la útil *Antología de la literatura fantástica española*, compilada por José Luis Guarner (Editorial Bruguera, Barcelona, 1969).
6. La tradición de la literatura fantástica en el Río de la Plata es la más rica en el continente y culmina en la obra de Jorge Luis Borges y Julio Cortázar en nuestros años. De interés para el estudio de sus primeras manifestaciones es un artículo (prácticamente concentrado en Eduardo Holmberg) de Donald A. Yates: «Sobre los orígenes de la literatura fantástica argentina» (en *La literatura iberoamericana del siglo XIX*. Universidad de Arizona, Tucson, Arizona, EE.UU., 1974). Existe una divulgada colección de *Cuentos fantásticos argentinos* preparada por Nicolás Cócaro (Emecé Editores, Buenos Aires, 1970, 5.ª ed.). Y son numerosos los escritores y críticos argentinos (Adolfo Bioy Casares, Anges Pagés Larra, Emilio Carilla, Ana María Barrenechea y el propio Borges) que se han ocupado del género. La documentación bibliográfica de sus trabajos críticos abultaría excesivamente esta nota, por lo que remitimos a la incluida por Emilio Carilla en su libro *El cuento fantástico* (Editorial Nova, Buenos Aires, 1968).
7. Ana María Barrenechea en su libro, compuesto en colaboración con Emma Susana Speratti Piñero, *La literatura fantástica en Argentina* (Imprenta Universitaria, México, 1957), pág. 10.
8. Ricardo Gullón, «Ideologías del modernismo», *Ínsula*, XXV, núm. 291, Madrid, 1971, pág. 1.
9. Rafael Llopis, *Historia natural de los cuentos de miedo* (Ediciones Júcar / Colección La Vela Latina, Madrid, 1974), págs. 340-341.
10. Citamos la reproducción de este estudio en el libro del propio Raimundo Lida titulado *Letras hispánicas* (Fondo de Cultura Económica, México, 1958), pág. 259.
11. Enrique Anderson Imbert, «Los cuentos fantásticos de Rubén Darío» (Harvard University, Cambridge, Mass., EE.UU., 1967). Se reprodujo después, bajo el mismo título, en la revista *Mundo Nuevo*, núm. 54, París, 1970.
12. Tzvetan Todorov, *Introducción a la literatura fantástica*, traducción de Silvia Delpy (Editorial Tiempo Contemporáneo, Buenos Aires,

1972), pág. 53. Otras citas de Todorov corresponden a páginas cercanas en el mismo libro. (Versión original: *Introduction à la littérature fantastique*. Edition du Seuil, París, 1970.)
13. Esta misma ambigüedad se da, en general, en la mayoría de los narradores modernistas de lo fantástico. Por ello Ana Durán ha titulado con acierto «El cuento fantástico y raro del modernismo» su documentada tesis doctoral inédita presentada en la Universidad de California en Los Ángeles (1970).
14. Ana María Barrenechea, «Ensayo de una tipología de literatura fantástica (A propósito de literatura hispanoamericana)», *Revista Iberoamericana* (Universidad de Pittsburgh, EE.UU.), núm. 80, 1972, pág. 295.
15. Louis Vax, *Arte y literatura fantásticas*. Traducción de Juan Merino (Editorial Universitaria de Buenos Aires, Buenos Aires, 1971), 2.ª ed., pág. 72.
16. Enrique Anderson Imbert, *La originalidad de Rubén Darío*, pág. 223.
17. Ángel Rama, introducción a Rubén Darío, *El mundo de los sueños* (Editorial Universitaria, Universidad de Puerto Rico, 1973), pág. 26.
18. Pero aun los críticos que mayor atención han puesto en este sincretismo religioso de Darío y en los naturales efectos sobre su creación literaria, son prudentes en cuanto a exagerar la importancia de tales creencias dentro de esa creación. El propio Rama se adelanta a tal posible riesgo: «Algunas referencias para componer sus poemas con un conjunto de ideas sobre la unidad de la materia, las transmutaciones, los misterios; algunas anécdotas con que salpicar sus artículos periodísticos; algunos temas seudomisteriosos –y en verdad más bien folklóricos– para sus cuentos; ¿qué temas obtuvo Darío del espiritismo, de la teosofía, del ocultismo? No mucho más, porque en ninguna de esas vías, tímidamente recorridas, pudo saciar su insatisfacción ni encontrar claras respuestas a sus dudas y angustias». (Rama, *ibidem*, pág. 30).
19. Muchos de los aquí mencionados (Caillois, Vax, Todorov, Barrenechea) han intentado descripciones e incluso sistematizaciones tipológicas de las categorías semánticas en la literatura fantástica, dentro de sus trabajos citados. Todas ofrecen algún flanco vulnerable. O son excesivamente generales, y desbordan lo fantástico en sí. O resultan muy rápidas, o simplemente repetitivas de esquemas anteriores. O se deleitan en formulaciones innecesariamente abstrusas. A ellas, añádase esta otra: la de Adolfo Bioy Casares al frente de su libro, preparado en colaboración con Jorge Luis Borges y Silvina Ocampo, *Antología de la literatura fantástica* (Editorial Sudamericana, Buenos Aires, 1971, 4.ª ed.).

Cuento de Noche Buena*

El hermano Longinos de Santa María era la perla del convento. Perla es decir poco, para el caso; era un estuche, una riqueza, un algo incomparable e inencontrable: lo mismo ayudaba al docto fray Benito en sus copias, distinguiéndose en ornar de mayúsculas los manuscritos, como en la cocina hacía exhalar suaves olores a la fritanga permitida después del tiempo de ayuno; así servía de sacristán, como cultivaba las legumbres del huerto; y en maitines o vísperas, su hermosa voz de sochantre resonaba armoniosamente bajo la techumbre de la capilla. Mas su mayor mérito consistía en su maravilloso don musical; en sus manos, en sus ilustres manos de organista. Ninguno entre toda la comunidad conocía como él aquel sonoro instrumento del cual hacía brotar las notas como bandadas de aves melodiosas; ninguno como él acompañaba, como poseído por un celestial espíritu, las prosas y los himnos, y las voces sagradas del canto llano. Su eminencia el cardenal –que había visitado el convento en un día inolvidable– había bendecido al hermano, primero, abrazándole en seguida, y por último díchole una elogiosa frase latina,

* Publicado en «Mensaje» de *La Tribuna* (Buenos Aires), 1893.

después de oírle tocar. Todo lo que en el hermano Longinos resaltaba, estaba iluminado por la más amable sencillez y por la más inocente alegría. Cuando estaba en alguna labor, tenía siempre un himno en los labios, como sus hermanos los pajaritos de Dios. Y cuando volvía, con su alforja llena de limosnas, taloneando a la borrica, sudoroso bajo el sol, en su cara se veía un tan dulce resplandor de jovialidad, que los campesinos salían a las puertas de sus casas, saludándole, llamándole hacia ellos: «¡Eh! venid acá, hermano Longinos, y tomaréis un buen vaso...». Su cara la podéis ver en una tabla que se conserva en la abadía; bajo una frente noble dos ojos humildes y oscuros, la nariz un tantico levantada, en una ingenua expresión de picardía infantil, y en la boca entreabierta, la más bondadosa de las sonrisas.

Avino, pues, que un día de Navidad, Longinos fuese a la próxima aldea...; pero ¿no os he dicho nada del convento? El cual estaba situado cerca de una aldea de labradores, no muy distante de una vasta floresta, en donde, antes de la fundación del monasterio, había cenáculos de hechiceros, reuniones de hadas, y de silfos, y otras tantas cosas que favorece el poder del Bajísimo, de quien Dios nos guarde. Los vientos del cielo llevaban desde el santo edificio monacal, en la quietud de las noches o en los serenos crepúsculos, ecos misteriosos, grandes temblores sonoros..., era el órgano de Longinos que acompañando la voz de sus hermanos en Cristo, lanzaba sus clamores benditos. Fue, pues, en un día de Navidad, y en la aldea, cuando el buen hermano se dio una palmada en la frente y exclamó, lleno de susto, impulsando a su caballería paciente y filosófica:

–¡Desgraciado de mí! ¡Si mereceré triplicar los cilicios y ponerme por toda la vida a pan y agua! ¡Cómo estarán aguardándome en el monasterio!

Era ya entrada la noche, y el religioso, después de santiguarse, se encaminó por la vía de su convento. Las sombras invadieron la tierra. No se veía ya el villorrio; y la montaña, negra en medio de la noche, se veía semejante a una titánica fortaleza en que habitasen gigantes y demonios.

Y fue el caso que Longinos, anda que te anda, pater y ave tras pater y ave, advirtió con sorpresa que la senda que seguía la pollina, no era la misma de siempre. Con lágrimas en los ojos alzó éstos al cielo, pidiéndole misericordia al Todopoderoso, cuando percibió en la oscuridad del firmamento una hermosa estrella, una hermosa estrella de color de oro, que caminaba junto con él, enviando a la tierra un delicado chorro de luz que servía de guía y de antorcha. Diole gracias al Señor por aquella maravilla, y a poco trecho, como en otro tiempo la del profeta Balaam, su cabalgadura se resistió a seguir adelante, y le dijo con clara voz de hombre mortal: «Considérate feliz, hermano Longinos, pues por tus virtudes has sido señalado para un premio portentoso». No bien había acabado de oír esto, cuando sintió un ruido, y una oleada de exquisitos aromas. Y vio venir por el mismo camino que él seguía, y guiados por la estrella que él acababa de admirar, a tres señores espléndidamente ataviados. Todos tres tenían porte e insignias reales. El delantero era rubio como el ángel Azrael; su cabellera larga se esparcía sobre sus hombros, bajo una mitra de oro consteleda de piedras preciosas; su barba entretejida con perlas e hilos de oro resplandecía sobre su pecho; iba cubierto con un manto en donde estaban bordados, de riquísima manera, aves peregrinas y signos del zodíaco. Era el rey Gaspar, caballero en un bello caballo blanco. El otro, de cabellera negra, ojos también negros y profundamente brillantes, rostro semejante a los que se ven en los bajos relieves asirios, ceñía su frente con una magnífica diadema, vestía vestidos de incalculable precio, era un tanto viejo, y hubiérase dicho de él, con sólo mirarle, ser el monarca de un país misterioso y opulento, del centro de la tierra de Asia. Era el rey Baltasar y llevaba un collar de gemas cabalístico que terminaba en un sol de fuegos de diamantes. Iba sobre un camello caparazonado y adornado al modo de Oriente. El tercero era de rostro negro y miraba con singular aire de majestad: formábanle un resplandor los rubíes y esmeraldas de su turbante. Como el más soberbio príncipe de un cuento, iba en una labrada silla de marfil y oro sobre un elefante. Era el rey Melchor. Pasaron sus majestades y tras el elefante del rey Melchor, con un no usado trotecito, la borrica del hermano Longinos, quien, lleno de mística complacencia, desgranaba las cuentas de su largo rosario.

Y sucedió que –tal como en los días del cruel Herodes– los tres coronados magos, guiados por la estrella divina, llegaron a un pesebre, en donde, como lo pintan los pintores, estaba la reina María, el santo señor José y el Dios recién nacido. Y cerca, la mula y el buey, que entibian con el calor sano de su aliento el aire frío de la noche. Baltasar, postrado, descorrió junto al niño un saco de perlas y de piedras preciosas y de polvo de oro; Gaspar en jarras doradas ofreció los más raros ungüentos; Melchor hizo su ofrenda de incienso, de marfiles y de diamantes...

Entonces, desde el fondo de su corazón, Longinos, el buen hermano Longinos, dijo al niño que sonreía:

–Señor, yo soy un pobre siervo tuyo que en su convento te sirve como puede. ¿Qué te voy a ofrecer yo, triste de mí? ¿Qué riquezas tengo, qué perfumes, qué perlas y qué diamantes? Toma, señor, mis lágrimas y mis oraciones, que es todo lo que puedo ofrendarte.

Y he aquí que los reyes de Oriente vieron brotar de los labios de Longinos las rosas de sus oraciones, cuyo olor superaba a todos los ungüentos y resinas; y caer de sus ojos copiosísimas lágrimas que se convertían en los más radiosos diamantes por obra de la superior magia del amor y de la fe; todo esto en tanto que se oía el eco de un coro de pastores en la tierra y la melodía de un coro de ángeles sobre el techo del pesebre.

Entre tanto, en el convento había la mayor desolación. Era llegada la hora del oficio. La nave de la capilla estaba iluminada por las llamas de los cirios. El abad estaba en su sitial, afligido, con su capa de ceremonia. Los frailes, la comunidad entera, se miraban con sorprendida tristeza. ¿Qué desgracia habrá acontecido al buen hermano? ¿Por qué no ha vuelto de la aldea? Y es ya la hora del oficio, y todos están en su puesto, menos quien es gloria de su monasterio, el sencillo y sublime organista... ¿Quién se atreve a ocupar su lugar? Nadie. Ninguno sabe los secretos del teclado, ninguno tiene el don armonioso de Longinos. Y como ordena el prior que se proceda a la ceremonia, sin música, todos empiezan el canto dirigiéndose a Dios llenos de una vaga tristeza... De repente, en los momentos del himno, en que el órgano debía resonar... resonó, resonó como nunca; sus bajos eran sagrados truenos; sus trompetas excelsas voces; sus tubos todos estaban como animados por una vida incomprensible y celestial. Los monjes cantaron, cantaron, llenos del fuego del milagro, y aquella Noche Buena, los campesinos oyeron que el viento llevaba desconocidas armonías del órgano conventual, de aquel órgano que parecía tocado por manos angélicas como las delicadas y puras de la gloriosa Cecilia...

El hermano Longinos de Santa María entregó su alma a Dios poco tiempo después; murió en olor de santidad. Su cuerpo se conserva aún incorrupto, enterrado bajo el coro de la capilla, en una tumba especial, labrada en mármol.

Thanathopia*

—Mi padre fue el célebre doctor John Leen, miembro de la Real Sociedad de Investigaciones Psíquicas, de Londres, y muy conocido en el mundo científico por sus estudios sobre el hipnotismo y su célebre *Memoria sobre el Old*. Ha muerto no hace mucho tiempo. Dios lo tenga en gloria.

(James Leen vació en su estómago gran parte de su cerveza y continuó):

—Os habéis reído de mí y de lo que llamáis mis preocupaciones y ridiculeces. Os perdono, porque, francamente, no sospecháis ninguna de las cosas que no comprende nuestra filosofía en el cielo y en la tierra, como dice nuestro maravilloso William.

»No sabéis que he sufrido mucho, que sufro mucho, aun las más amargas torturas, a causa de vuestras risas... Sí, os repito: no puedo dormir sin luz, no puedo soportar la soledad de una casa abandonada; tiemblo al ruido misterioso que en horas crepusculares brota de los boscajes en un camino; no me agrada ver revolar un mochuelo o un murciélago; no visito, en ninguna ciudad adonde llego, los cementerios; me mar-

---

* Buenos Aires, 1893.

tirizan las conversaciones sobre asuntos macabros, y cuando las tengo, mis ojos aguardan para cerrarse, al amor del sueño, que la luz aparezca.

»Tengo el horror de la que ¡oh Dios! tendré que nombrar: de la muerte. Jamás me harían permanecer en una casa donde hubiese un cadáver, así fuese el de mi más amado amigo. Mirad: esa palabra es la más fatídica de las que existen en cualquier idioma: *cadáver*... Os habéis reído, os reís de mí: sea. Pero permitidme que os diga la verdad de mi secreto. Yo he llegado a la República Argentina, *prófugo, después de haber estado cinco años preso, secuestrado miserablemente por el doctor Leen, mi padre*; el cual, si era un gran sabio, sospecho que era un gran bandido. Por orden suya fui llevado a la casa de salud; por orden suya, pues, temía quizás que algún día me revelase lo que él pretendía tener oculto... Lo que vais a saber, porque ya me es imposible resistir el silencio por más tiempo.

»Os advierto que no estoy borracho. No he sido loco. Él ordenó mi secuestro, porque... Poned atención.

(Delgado, rubio, nervioso, agitado por un frecuente estremecimiento, levantaba su busto James Leen, en la mesa de la cervecería en que, rodeado de amigos, nos decía esos conceptos. ¿Quién no le conoce en Buenos Aires? No es un excéntrico en su vida cotidiana. De cuando en cuando suele tener esos raros arranques. Como profesor, es uno de los más estimables en uno de nuestros principales colegios, y, como hombre de mundo, aunque un tanto silencioso, es uno de los mejores elementos jóvenes de los famosos *cinderellas dance*. Así prosiguió esa noche su extraña narración, que no nos atrevimos a calificar de *fumisterie*, dado el carácter de nuestro amigo. Dejamos al lector la apreciación de los hechos.)

—Desde muy joven perdí a mi madre, y fui enviado por orden paternal a un colegio de Oxford. Mi padre, que nunca se manifestó cariñoso para conmigo, me iba a visitar a Londres una vez al año al establecimiento de educación en donde yo crecía, solitario en mi espíritu, sin afectos, sin halagos.

»Allí aprendí a ser triste. Físicamente era el retrato de mi madre, según me han dicho, *y supongo que por esto el doctor procuraba mirarme lo menos que podía.* No os diré más sobre esto. Son ideas que me vienen. Excusad la manera de mi narración.

»Cuando he tocado ese tópico me he sentido conmovido por una reconocida fuerza. *Procurad comprenderme.* Digo, pues, que vivía yo solitario en mi espíritu, aprendiendo tristeza en aquel colegio de muros negros, que veo aún en mi imaginación en noches de luna... ¡Oh, cómo aprendí entonces a ser triste! Veo aún, por una ventana de mi cuarto, bañados de una pálida y maleficiosa luz lunar, los álamos, los cipreses... ¿por qué había cipreses en el colegio?..., y a lo largo del parque, viejos Términos carcomidos, leprosos de tiempo, en donde solían posar las lechuzas que criaba el abominable septuagenario y encorvado rector... *¿para qué criaba lechuzas el rector?...* Y oigo, en lo más silencioso de la noche, el vuelo de los animales nocturnos y los crujidos de las mesas y una media noche, os lo juro, una voz: «James». ¡Oh voz!

»Al cumplir los veinte años se me anunció un día la visita de mi padre. *Alegréme, a pesar de que instintivamente sentía repulsión por él;* alegréme, porque necesitaba en aquellos momentos desahogarme con alguien, *aunque fuese con él.*

»Llegó más amable que otras veces; y aunque no me miraba frente a frente, su voz sonaba grave, con cierta amabilidad para conmigo. Yo le manifesté que deseaba, por fin, volver a Londres, que había concluido mis estudios; que si permanecía más tiempo en aquella casa, me moriría de tristeza... Su voz resonó grave, con cierta amabilidad para conmigo:

»–He pensado, cabalmente, James, llevarte hoy mismo. El rector me ha comunicado que no estás bien de salud, que padeces de insomnios, que comes poco. El exceso de estudios es malo, como todos los excesos. Además –quería decirte–, tengo otro motivo para llevarte a Londres. Mi edad necesitaba un apoyo y lo he buscado. Tienes una madrastra, a quien he de presentarte y que desea ardientemente conocerte. Hoy mismo vendrás, pues, conmigo.

»¡Una madrastra! Y de pronto se me vino a la memoria mi dulce y blanca y rubia madrecita, que de niño me amó tanto, me mimó tanto, abandonada casi por mi padre, que se pasaba noches y días en su horrible laboratorio, mientras aquella pobre y delicada flor se consumía... ¡Una madrastra! Iría yo, pues, a soportar la tiranía de la nueva esposa del doctor Leen, quizá una espantable *blue-stocking*, o una cruel sabionda, o una bruja... Perdonad las palabras. A veces no sé ciertamente lo que digo, o quizá lo sé demasiado...

»No contesté una sola palabra a mi padre, y, conforme con su disposición, tomamos el tren que nos condujo a nuestra mansión de Londres.

»Desde que llegamos, desde que penetré por la gran puerta antigua, a la que seguía una escalera oscura que daba al piso principal, me sorprendí desagradablemente: no había en casa uno solo de los antiguos sirvientes.

»Cuatro o cinco viejos enclenques, con grandes libreas flojas y negras, se inclinaban a nuestro paso, con genuflexiones tardas, mudos. Penetramos al gran salón. Todo estaba cambiado: los muebles de antes estaban sustituidos por otros de un gusto seco y frío. Tan solamente quedaba en el fondo del salón un gran retrato de mi madre, obra de Dante Gabriel Rossetti, cubierto de un largo velo de crespón.

»Mi padre me condujo a mis habitaciones, que no quedaban lejos de su laboratorio. Me dio las buenas tardes. Por una inexplicable cortesía, preguntéle por mi madrastra. Me contestó despaciosamente, recalcando las sílabas con una voz entre cariñosa y temerosa que *entonces yo no comprendía:*

»–La verás luego... Que la has de ver es seguro... James, mi hijito James, adiós. Te digo que la verás luego...

»Ángeles del Señor, ¿por qué no me llevasteis con vosotros? Y tú, madre, madrecita mía, *my sweet Lily,* ¿por qué no me llevaste contigo en aquellos instantes? Hubiera preferido ser tragado por un abismo o pulverizado por una roca, o reducido a ceniza por la llama de un relámpago...

»Fue esa misma noche, sí. Con una extraña fatiga de cuerpo y de espíritu, me había echado en el lecho, vestido con el mismo traje de viaje. Como en un ensueño, recuerdo haber oído acercarse a mi cuarto a uno de los viejos de la servidumbre, mascullando no sé qué palabras y mirándome vagamente con un par de ojillos estrábicos que me hacían el efecto de un mal sueño. Luego vi que prendió un candelabro con tres velas de cera. Cuando desperté a eso de las nueve, las velas ardían en la habitación.

»Lavéme. Mudéme. Luego sentí pasos: apareció mi padre. Por primera vez, *¡por primera vez!*, vi sus ojos clavados en los míos. Unos indescriptibles ojos, os lo aseguro; unos ojos como no habéis visto jamás, ni veréis jamás: unos ojos con una retina casi roja, como ojos de conejo; unos ojos que os harían temblar por la manera especial con que miraban.

»–Vamos, hijo mío, te espera tu madrastra. Está allá, en el salón. Vamos.

»Allá, en un sillón de alto respaldo, como una silla de coro, estaba sentada una mujer.

»Ella...

»Y mi padre:

»–¡Acércate, mi pequeño James, acércate!

»Me acerqué maquinalmente. La mujer me tendía la mano... Oí entonces, como si viniese del gran retrato, del gran retrato envuelto en crespón, aquella voz del colegio de Oxford, pero muy triste, mucho más triste: "¡James!".

»Tendí mi mano. El contacto de aquella mano me heló, me horrorizó. Sentí hielo en mis huesos. Aquella mano rígida, fría, fría... Y la mujer no me miraba. Balbucí un saludo, un cumplimiento.

»Y mi padre:

»–Esposa mía, aquí tienes a tu hijastro, a nuestro muy amado James. Mírale; aquí le tienes; ya es tu hijo también.

»Y mi madrastra me miró. Mis mandíbulas se afianzaron una contra otra. Me poseyó el espanto: *aquellos ojos no tenían brillo alguno.* Una idea comenzó, enloquecedora, horrible, horrible, a aparecer clara en mi cerebro. De pronto, un olor, olor... ese olor, ¡madre mía! ¡Dios mío! Ese olor... no os lo quiero decir... porque ya lo sabéis, y os protesto: lo discuto aún; me eriza los cabellos.

»Y luego brotó de aquellos labios blancos, de aquella mujer pálida, pálida, pálida, una voz, *una voz como si saliese de un cántaro gemebundo o de un subterráneo:*

»–James, nuestro querido James, hijito mío, acércate; quiero darte un beso en la frente, otro beso en los ojos, otro beso en la boca...

»No pude más. Grité:

»–¡Madre, socorro! ¡Ángeles de Dios, socorro! ¡Potestades celestes, todas, socorro! ¡Quiero partir de aquí pronto, pronto; que me saquen de aquí!

»Oí la voz de mi padre:

»–¡Cálmate, James! ¡Cálmate, hijo mío! Silencio, hijo mío.

»–No –grité más alto, ya en lucha con los viejos de la servidumbre–. Yo saldré de aquí y diré a todo el mundo que el doctor Leen es un cruel asesino; que su mujer es un vampiro; ¡que está casado mi padre con una muerta!

La pesadilla de Honorio*

¿Dónde? A lo lejos, la perspectiva abrumadora y monumental de extrañas arquitecturas, órdenes visionarias, estilos de un orientalismo portentoso y desmesurado. A sus pies un suelo lívido; no lejos, una vegetación de árboles flacos, desolados, tendiendo hacia un cielo implacable, silencioso y raro, sus ramas suplicantes, en la vaga expresión de un mudo lamento. En aquella soledad Honorio siente la posesión de una fría pavura...

¿Cuándo? Es en una hora inmemorial, grano escapado quizás del reloj del tiempo. La luz que alumbra no es la del sol; es como la enfermiza y fosforescente claridad de espectrales astros. Honorio sufre el influjo de un momento fatal, y *sabe* que en esa hora incomprensible todo está envuelto en la dolorosa bruma de una universal angustia. Al levantar sus ojos a la altura un estremecimiento recorre el cordaje de sus nervios: han surgido del hondo cielo constelaciones misteriosas que forman enigmáticos signos anunciadores de próximas e irremediables catástrofes... Honorio deja escapar de sus labios, oprimido y aterrorizado, un lamentable gemido: ¡Ay!...

* Publicado en «Mensaje» de *La Tribuna* (Buenos Aires), 1894.

Y como si su voz tuviese el poder de una fuerza demiúrgica, aquella inmensa ciudad llena de torres y rotondas, de arcos y espirales, se desplomó sin ruido ni fracaso, cual se rompe un fino hilo de araña.

¿Cómo y por qué apareció en la memoria de Honorio esta frase de un soñador: *la tiranía del rostro humano?*[1] Él la escuchó dentro de su cerebro, y cual si fuese la víctima propiciatoria ofrecida a una cruel deidad, comprendió que se acercaba el instante del martirio, del horrible martirio que le sería aplicado... ¡Oh sufrimiento inexplicable del condenado solitario! Sus miembros se petrificaron, amarrados con ligaduras de pavor; sus cabellos se erizaron como los de Job cuando pasó cerca de él un espíritu; su lengua se pegó al paladar, helada e inmóvil; y sus ojos abiertos y fijos empezaron a contemplar el anonadador desfile. Ante él había surgido la infinita legión de las Fisonomías y el ejército innumerable de los Gestos.

Primero fueron los rostros enormes que suelen ver los nerviosos al comenzar el sueño, rostros de gigantes joviales, amenazadores, pensativos y enternecidos.

Después...

Poco a poco fue reconociendo en su penosa visión estas o aquellas líneas, perfiles y facciones: un bajá de calva frente y los ojos amodorrados; una faz de rey asirio, con la barba en trenzas; un Vitelio con la papada gorda, y un negro, negro, muerto de risa. Una máscara blanca se multiplicaba en todas las expresiones: Pierrot. Pierrot indiferente, Pierrot amoroso, Pierrot abobado, Pierrot terrible, Pierrot desmayándose de hilaridad; doloroso, pícaro, inocente, vanidoso, cruel, dulce, criminal: Pierrot mostraba el poema de su alma en arrugas,

---

1. Enrique Anderson Imbert ha señalado que esta frase, destacada en itálicas por el mismo Darío, procede de un pasaje de las *Confessions of an English Opium Eater* (1821) del escritor británico Thomas de Quincey (1785-1859): «That affection which I have called the tyranny of the human face». (Véase Anderson Imbert, *La originalidad de Rubén Darío*, pág. 235.)

muecas, guiños y retorcimientos faciales. Tras él los tipos de todas las farsas y las encarnaciones simbólicas. Así erigían enormes chisteras grises, cien congestionados johmbulles y atroces tíosamueles, tras los cuales Punch encendía la malicia de sus miradas sobre su curva nariz. Cerca de un mandarín amarillo de ojos circunflejos, y bigotes ojivales, un inflado fraile, cuya cara cucurbitácea tenía incrustadas dos judías negras por pupilas; largas narices francesas, potentes mandíbulas alemanas, bigotazos de Italia, ceños españoles; rostros exóticos: el del negro rey Baltasar, el del malayo de Quincey [2], el de un persa, el de un gaucho, el de un torero, el de un inquisidor... «Oh, Dios mío...», suplicó Honorio. Entonces oyó distintamente una voz que le decía: «¡Aún no, sigue hasta el fin!». Y apareció la muchedumbre hormigueante de la vida banal de las ciudades, las caras que representan todos los estados, apetitos, expresiones, instintos, del ser llamado Hombre; la ancha calva del sabio de los espejuelos, la nariz ornada de rabiosa pedrería alcohólica que luce en la faz del banquero obeso; las bocas torpes y gruesas; las quijadas salientes y los pómulos de la bestialidad; las faces lívidas, el aspecto del rentista cacoquimio; la mirada del tísico, la risa dignamente estúpida del imbécil de salón, la expresión suplicante del mendigo; estas tres especialidades: el tribuno, el martillero y el

---

2. De Quincey, en la segunda parte («Los placeres del opio») de su libro citado, narra pintorescamente la inesperada visita de un malayo, de extraña y terrible apariencia, que recibió en su apartado retiro entre las montañas inglesas. Después añade que «ese malayo se afincó fuertemente en mi fantasía, y a través de ella en mis sueños, arrastrando consigo a otros malayos (...) y me sumían en un mundo de turbaciones nocturnas». Y en la tercera parte («Los tormentos del opio»), al ejemplificar su frase comentada en la nota 1 *(la tiranía del rostro humano...)* vuelve a él: «El malayo ha sido un terrible enemigo durante meses», respetándolo casi como arquetipo del «indecible horror que estos sueños de imaginería oriental y de torturas mitológicas me causaban». El *Vathek* de Beckford y las *Confessions* de De Quincey se dan la mano, así, como inmediato material libresco de esta «pesadilla de Honorio».

charlatán, en las distintas partes de sus distintas arengas; «¡Socorro!», exclamó Honorio.

Y fue entonces la irrupción de las Máscaras, mientras en el cielo se desvanecía un suave color de oro oriental. ¡La legión de las Máscaras! Se presentó primero una máscara de actor griego, horrorizada y trágica, tal como la faz de Orestes delante de las Euménides implacables; y otra riente, como una gárgola surtidora de chistes. Luego por un fenómeno mnemónico, Honorio pensó en el teatro japonés, y ante su vista floreció un diluvio de máscaras niponas: la risueña y desdentada del tesoro de Idzoukoushima, una de Demé Jioman, cuyas mejillas recogidas, frente labrada por triple arruga vermicular y extendidas narices, le daban un aspecto de suprema jovialidad bestial; caras de Noriaki, de una fealdad agresiva; muecas de Quasimodos asiáticos, y radiantes máscaras de dioses, todas de oro. De China, Lao-tse, con su inmenso cráneo; Pou-tai, el sensual con su risa de idiota; de Konei-Sing, dios de la literatura, la máscara mefistofélica; y con sus cascos, perillas y bigotes escasos, desfilan las de mandarines y guerreros. Por último vio Honorio como un incendio de carmines y bermellones, y revoló ante sus miradas el enjambre carnavalesco. Todos los ojos: almendrados, redondos, triangulares, casi amorfos; todas las narices: chatas, roxelanas, borbónicas, erectas, cónicas, fálicas, innobles, cavernosas, conventuales, marciales, insignes; todas las bocas: arqueadas, en media luna, en ojiva, hechas con sacabocado, de labios carnosos, místicas, sensuales, golosas, abyectas, caninas, batracias, hípicas, asnales, porcunas, delicadas, desbordadas, desbridadas, retorcidas...; todas las pasiones, la gula, la envidia, la lujuria, los siete pecados capitales multiplicados por setenta veces siete...

Y Honorio no pudo más: sintió un súbito desmayo, y quedó en una dulce penumbra de ensueño, en tanto que llegaban a sus oídos los acordes de una alegre comparsa de Carnestolendas...

El caso de la señorita Amelia*

Que el doctor Z es ilustre, elocuente, conquistador; que su voz es profunda y vibrante al mismo tiempo, y su gesto avasallador y misterioso, sobre todo después de la publicación de su obra sobre *La plástica de ensueño,* quizás podríais negármelo o aceptármelo con restricción; pero que su calva es única, insigne, hermosa, solemne, lírica si gustáis, ¡oh, eso nunca, estoy seguro! ¿Cómo negaríais la luz del sol, el aroma de las rosas y las propiedades narcóticas de ciertos versos? Pues bien; esta noche pasada, poco después que saludamos el toque de las doce con una salva de doce taponazos del más legítimo Roederer, en el precioso comedor rococó de ese sibarita de judío que se llama Lowensteinger, la calva del doctor alzaba, aureolada de orgullo, su bruñido orbe de marfil, sobre el cual, por un capricho de la luz, se veían sobre el cristal de un espejo las llamas de dos bujías que formaban, no sé cómo, algo así como los cuernos luminosos de Moisés. El doctor enderezaba hacia mí sus grandes gestos y sus sabias palabras. Yo había soltado de mis labios, casi siempre silenciosos, una frase banal cualquiera. Por ejemplo, ésta:

* Publicado en *La Nación* (Buenos Aires), 1894.

—¡Oh, si el tiempo pudiera detenerse!

La mirada que el doctor me dirigió y la clase de sonrisa que decoró su boca después de oír mi exclamación, confieso que hubiera turbado a cualquiera.

—Caballero —me dijo saboreando el champaña—; si yo no estuviese completamente desilusionado de la juventud; si no supiese que todos los que hoy empezáis a vivir estáis ya muertos, es decir, muertos del alma, sin fe, sin entusiasmo, sin ideales, canosos por dentro; que no sois sino máscaras de vida, nada más... sí, si no supiese eso, si viese en vos algo más que un hombre de fin de siglo, os diría que esa frase que acabáis de pronunciar: «¡Oh, si el tiempo pudiera detenerse!», tiene en mí la respuesta más satisfactoria.

—¡Doctor!

—Sí, os repito que vuestro escepticismo me impide hablar, como hubiera hecho en otra ocasión.

—Creo —contesté con voz firme y serena— en Dios y su Iglesia. Creo en los milagros. Creo en lo sobrenatural.

—En ese caso, voy a contaros algo que os hará sonreír. Mi narración espero que os hará pensar.

En el comedor habíamos quedado cuatro convidados, a más de Minna, la hija del dueño de casa; el periodista Riquet, el abate Pureau, recién enviado por Hirch, el doctor y yo. A lo lejos oíamos en la alegría de los salones la palabrería usual de la hora primera del año nuevo: *Happy new year! Happy new year!* ¡Feliz año nuevo!

El doctor continuó:

—¿Quién es el sabio que se atreve a decir *esto es así*? Nada se sabe. *Ignoramus et ignorabimus*. ¿Quién conoce a punto fijo la noción del tiempo? ¿Quién sabe con seguridad lo que es el espacio? Va la ciencia a tanteo, caminando como una ciega, y juzga a veces que ha vencido cuando logra advertir un vago reflejo de la luz verdadera. Nadie ha podido desprender de su círculo uniforme la culebra simbólica. Desde el tres veces más grande, el Hermes, hasta nuestros días, la mano humana ha podido apenas alzar una línea del manto que cubre a la eterna Isis. Nada ha logrado saberse con absoluta seguridad en las tres grandes expresiones de la Naturaleza: hechos, leyes, principios. Yo, que he intentado profundizar en el inmenso campo del misterio, he perdido casi todas mis ilusiones.

Yo que he sido llamado sabio en Academias ilustres y libros voluminosos; yo que he consagrado toda mi vida al estudio de la humanidad, sus orígenes y sus fines; yo que he penetrado en la cábala, en el ocultismo y en la teosofía, que he pasado del plano material del *sabio* al plano astral del *mágico* y al plano espiritual del *mago*, que sé cómo obraba Apolonio el Thianense y Paracelso, y que he ayudado en su laboratorio, en nuestros días, al inglés Crookes; yo que ahondé en el Karma búdhico y en el misticismo cristiano, y sé al mismo tiempo la ciencia desconocida de los fakires y la teología de los sacerdotes romanos, yo os digo que *no hemos visto los sabios ni un solo rayo de la luz suprema,* y que la inmensidad y la eternidad del *misterio* forman la única y pavorosa verdad.

Y dirigiéndose a mí:

–¿Sabéis cuáles son los principios del hombre? Grupa, jiba, linga, sharira, kama, rupa, manas, buddhi, atma, es decir: el cuerpo, la fuerza vital, el cuerpo astral, el alma animal, el alma humana, la fuerza espiritual y la esencia espiritual...

Viendo a Minna poner una cara un tanto desolada, me atreví a interrumpir al doctor:

–Me parece que íbais a demostrarnos que el tiempo...

–Y bien –dijo–, puesto que no os placen las disertaciones por prólogo, vamos al cuento que debo contaros, y es el siguiente:

»Hace veintitrés años, conocí en Buenos Aires a la familia Revall, cuyo fundador, un excelente caballero francés, ejerció un cargo consular en tiempo de Rosas. Nuestras casas eran vecinas, era yo joven y entusiasta, y las tres señoritas Revall hubieran podido hacer competencia a las tres Gracias. De más está decir que muy pocas chispas fueron necesarias para encender una hoguera de amor...

Amooor, pronunciaba el sabio obeso, con el pulgar de la diestra metido en la bolsa del chaleco, y tamborileando sobre su potente abdomen con los dedos ágiles y regordetes, y continuó:

–Puedo confesar francamente que no tenía predilección por ninguna, y que Luz, Josefina y Amelia ocupaban en mi corazón el mismo lugar. El mismo, tal vez no; pues los dulces al par que ardientes ojos de Amelia, su alegre y roja risa, su picardía infantil... diré que era ella mi preferida. Era la menor; tenía doce años apenas, y yo ya había pasado de los treinta. Por tal motivo, y por ser la chicuela de carácter travieso y jovial, tratábala yo como niña que era, y entre las otras dos repartía mis miradas incendiarias, mis suspiros, mis apretones de manos y hasta mis serias promesas de matrimonio, en una, os lo confieso, atroz y culpable bigamia de pasión. ¡Pero la chiquilla Amelia!... Sucedía que, cuando yo llegaba a la casa, era ella quien primero corría a recibirme, llena de sonrisas y zalamerías: «¿Y mis bombones?». He aquí la pregunta sacramental. Yo me sentaba regocijado, después de mis correctos saludos, y colmaba las manos de la niña de ricos caramelos de rosas y de deliciosas grageas de chocolate, los cuales, ella, a plena boca, saboreaba con una sonora música palatinal, lingual y dental. El porqué de mi apego a aquella muchachita de vestido a media pierna y de ojos lindos, no os lo podré explicar; pero es el caso que, cuando por causa de mis estudios tuve que dejar Buenos Aires, fingí alguna emoción al despedirme de Luz, que me miraba con anchos ojos doloridos y sentimentales; di un falso apretón de manos a Josefina, que tenía entre los dientes, por no llorar, un pañuelo de batista, y en la frente de Amelia incrusté un beso, el más puro y el más encendido, el más casto y el más ardiente ¡qué sé yo! de todos los que he dado en mi vida. Y salí en barco para Calcuta, ni más ni menos que como vuestro querido y admirado general

Mansilla cuando fue a Oriente, lleno de juventud y de sonoras y flamantes esterlinas de oro. Iba yo, sediento ya de las ciencias ocultas, a estudiar entre los mahatmas de la India lo que la pobre ciencia occidental no puede enseñarnos todavía. La amistad epistolar que mantenía con madama Blavatsky, habíame abierto ancho campo en el país de los fakires, y más de un gurú, que conocía mi sed de saber, se encontraba dispuesto a conducirme por buen camino a la fuente sagrada de la verdad, y si es cierto que mis labios creyeron saciarse en sus frescas aguas diamantinas, mi sed no se pudo aplacar. Busqué, busqué con tesón lo que mis ojos ansiaban contemplar, el Keherpas de Zoroastro, el Kalep persa, el Kovei-Khan de la filosofía india, el archoeno de Paracelso, el limbuz de Swedenborg; oí la palabra de los monjes budhistas en medio de las florestas del Thibet; estudié los diez sephiroth de la Kabala, desde el que simboliza el espacio sin límites hasta el que, llamado Malkuth, encierra el principio de la vida. Estudié el espíritu, el aire, el agua, el fuego, la altura, la profundidad, el Oriente, el Occidente, el Norte y el Mediodía; y llegué casi a comprender y aun a conocer íntimamente a Satán, Lucifer, Astharot, Beelzebutt, Asmodeo, Belphegor, Mabema, Lilith, Adrameleh y Baal. En mis ansias de comprensión; en mi insaciable deseo de sabiduría; cuando juzgaba haber llegado al logro de mis ambiciones, encontraba los signos de mi debilidad y las manifestaciones de mi pobreza, y estas ideas, Dios, el espacio, el tiempo, formaban la más impenetrable bruma delante de mis pupilas... Viajé por Asia, África, Europa y América. Ayudé al coronel Olcott a fundar la rama teosófica de Nueva York. Y a todo esto –recalcó de súbito el doctor, mirando fijamente a la rubia Minna– ¿sabéis lo que es la ciencia y la inmortalidad de todo? ¡Un par de ojos azules... o negros!

–¿Y el fin del cuento? –gimió dulcemente la señorita.
    –Juro, señores, que lo que estoy refiriendo es de una absoluta verdad. ¿El fin del cuento? Hace apenas una semana he

vuelto a la Argentina, después de veintitrés años de ausencia. He vuelto gordo, bastante gordo, y calvo como una rodilla; pero en mi corazón he mantenido ardiente el fuego del amor, la vestal de los solterones. Y, por tanto, lo primero que hice fue indagar el paradero de la familia Revall. «¡Las Revall –me dijeron–, las del caso de Amelia Revall», y estas palabras acompañadas con una especial sonrisa. Llegué a sospechar que la pobre Amelia, la pobre chiquilla... Y buscando, buscando, di con la casa. Al entrar, fui recibido por un criado negro y viejo, que llevó mi tarjeta, y me hizo pasar a una sala donde todo tenía un vago tinte de tristeza. En las paredes, los espejos estaban cubiertos con velos de luto, y dos grandes retratos, en los cuales reconocía a las dos hermanas mayores, se miraban melancólicos y oscuros sobre el piano. A poco, Luz y Josefina:

»–¡Oh amigo mío, oh amigo mío!

»Nada más. Luego, una conversación llena de reticencias y de timideces, de palabras entrecortadas y de sonrisas de inteligencia tristes, muy tristes. Por todo lo que logré entender, vine a quedar en que ambas no se habían casado. En cuanto a Amelia, no me atreví a preguntar nada... Quizá mi pregunta llegaría a aquellos pobres seres, como una amarga ironía, a recordar tal vez una irremediable desgracia y una deshonra... En esto vi llegar saltando a una niña, cuyo cuerpo y rostro eran iguales en todo a los de mi pobre Amelia. Se dirigió a mí, y con su misma voz exclamó:

»–¿Y mis bombones?

»Yo no hallé qué decir.

»Las dos hermanas se miraban pálidas, pálidas, y movían la cabeza desoladamente...

»Mascullando una despedida y haciendo una zurda genuflexión, salí a la calle, como perseguido por algún soplo extraño. Luego lo he sabido todo. La niña que yo creía fruto de un amor culpable es Amelia, la misma que yo dejé hace veintitrés años, la cual se ha quedado en la infancia, ha contenido su carrera vital. Se ha detenido para ella el reloj del Tiempo, en una hora señalada ¡quién sabe con qué designio del desconocido Dios!

El doctor Z era en este momento todo calvo...

Verónica*

Fray Tomás de la Pasión era un espíritu perturbado por el demonio de la ciencia. Flaco, anguloso, nervioso, pálido, dividía sus horas del convento entre la oración, la disciplina y el laboratorio. Había estudiado las ciencias ocultas antiguas, nombraba con cierto énfasis, en las conversaciones del refectorio, a Paracelso y a Alberto el Grande, y admiraba a ese otro fraile Schwartz, que nos hizo el favor de mezclar el salitre con el azufre.

Por la ciencia había llegado hasta penetrar en ciertas iniciaciones astrológicas y quirománticas; ella le desviaba de la contemplación y del espíritu de la Escritura; en su alma estaba el mal de la oscuridad, la oración misma era olvidada con frecuencia, cuando algún experimento le mantenía caviloso y febril; llegó hasta pretender probar sus facultades de zahorí, y los efectos de la magia blanca. No había duda de que estaba

---

* Publicado en *La Nación* (Buenos Aires), 1896. Con posterioridad Darío reelaboró este cuento en una versión ampliada: «La extraña muerte de Fray Pedro» (1913). Preferimos la que aquí se reproduce no sólo por ser la original sino porque su mayor brevedad y ciertos elementos expresivos (después, retocados por Darío) dan más intensidad al efecto dramático de la historia narrada.

en gran peligro su alma, a causa de su sed de saber y de su olvido de que la ciencia constituye sencillamente, en el principio, el arma de la Serpiente; en el fin, la esencial potencia del Anticristo.

¡Oh, ignorancia feliz, santa ignorancia! Fray Tomás de la Pasión no comprendía tu celeste virtud, que pone un especial nimbo a ciertos mínimos siervos de Dios, entre los esplendores místicos y milagrosos de las hagiografías. Los doctores explican y comentan altamente, cómo ante los ojos del Espíritu Santo, las almas de amor son de modo mayor glorificadas que las almas de entendimiento. Hello ha pintado, en los sublimes *vitraux* de sus *Fisonomías de santos,* a esos beneméritos de la Caridad, a esos favorecidos de la humildad, a esos seres columbinos, sencillos y blancos como los lirios, limpios de corazón, pobres de espíritu, bienaventurados hermanos de los pajaritos del Señor, mirados con ojos cariñosos y sororales por las puras estrellas del firmamento. Huysmans en el maravilloso libro en que Durtal se convierte, viste de resplandores paradisíacos al lego guardapuercos que hace bajar a la pocilga la admiración de los coros arcangélicos, el aplauso de las potestades de los cielos. Y fray Tomás de la Pasión no comprendía eso. Él creía, creía, con la fe de un verdadero creyente. Mas la curiosidad le azuzaba el espíritu, le lanzaba a la averiguación de los secretos de la naturaleza y de la vida. A tal punto, que no comprendía cómo esa sed de saber, ese deseo indominable de penetrar en lo velado y en lo arcano del universo, era obra del pecado, y añagaza del Bajísimo para impedirle de esa manera su consagración absoluta a la adoración del Eterno Padre.

Llegó a manos de fray Tomás un periódico en que se hablaba detalladamente del descubrimiento del alemán doctor Roentgen, quien había encontrado la manera de fotografiar a través de los cuerpos opacos; supo lo que era el tubo Crookes, la luz catódica, el rayo X. Vio el facsímile de una mano cuya anatomía se transparentaba claramente, y la figura patente de objetos retratados entre cajas bien cerradas.

No pudo desde ese instante estar tranquilo. ¿Cómo podría él encontrar un aparato como los aparatos de aquellos sabios? ¿Cómo podría realizar en su convento las mil cosas que se amontonaban en su enferma imaginación?

En las horas de los rezos y de los cantos, notábanle todos los otros miembros de la comunidad, ya meditabundo, ya agitado como por súbitos sobresaltos, ya con la faz encendida por repentina llama de sangre, ya con los ojos como extáticos, fijos en el cielo o clavados en la tierra. Y era la obra del pecado que se afianzaba en el fondo de aquel combatido pecho; el pecado bíblico de la curiosidad, el pecado de Adán junto al árbol de la ciencia del bien y del mal.

Múltiples ideas se agolpaban a la mente del religioso, que no encontraba la manera de adquirir los preciosos aparatos. ¡Cuánto de su vida no daría él por ver los peregrinos instrumentos de los sabios nuevos, en su pobre laboratorio de fraile aficionado, y sacar las anheladas pruebas, hacer los maravillosos ensayos que abrían una nueva era a la sabiduría humana! Si así se caminaba, no sería imposible llegar a encontrar la clave del misterio de la vida... Si se fotografiaba ya lo interior de nuestro cuerpo, bien podía pronto el hombre llegar a descubrir visiblemente la naturaleza y origen del alma; y, aplicando la ciencia a las cosas divinas ¿por qué no? aprisionar en las visiones de los éxtasis, y en las manifestaciones de los espíritus celestiales, sus formas exactas y verdaderas... ¡Si en Lourdes hubiese habido una instantánea [1], durante el tiempo de las visiones de Bernadette! Si en los momentos en que Jesús o su Madre Santa favorecen con su presencia corporal a señalados fieles, se aplicase la cámara obscura... ¡oh, cómo se convencerían entonces los impíos!, ¡cómo triunfaría la religión!...

---

1. En «La extraña muerte de Fray Pedro», en vez de «instantánea» se lee «kodak».

Así cavilaba, así se estrujaba los sesos el pobre fraile, tentado por uno de los más encarnizados príncipes de las tinieblas.

Y sucedió que en uno de esos momentos, en uno de los instantes en que su deseo era más vivo, en hora en que debía estar entregado a la disciplina y a la oración en la celda, se presentó a su vista uno de los hermanos de la comunidad, llevándole un envoltorio bajo el hábito.

–Hermano –le dijo–, os he oído decir que deseabais una máquina como esas con que los sabios están maravillando el mundo. Os la he podido conseguir. Aquí la tenéis.

Y depositando el envoltorio en manos del asombrado Tomás, desapareció, sin que éste tuviese tiempo de advertir que bajo el hábito se habían mostrado, en el momento de la desaparición, dos patas de chivo. Fray Tomás, desde el día del misterioso regalo, consagróse a sus experimentos. Faltaba a maitines, no asistía a la misa, excusándose como enfermo. El padre provincial solía amonestarle; y todos le veían pasar, extraño y misterioso, y temían por la salud de su cuerpo y de su alma.

Y él ¿qué hacía?

Fotografió una mano suya, frutas, estampas dentro de libros, otras cosas más.

Y una noche, el desgraciado, se atrevió *por fin* a realizar *su pensamiento...*

Dirigióse al templo, receloso, a pasos callados. Penetró en la nave principal, y se dirigió al altar en que a la luz de una triste lámpara de aceite, se hallaba expuesto el Santísimo Sacramento. Abrió el tabernáculo. Sacó el copón. Tomó una sagrada forma. Salió huyendo para su celda.

Al día siguiente, en la celda de fray Tomás de la Pasión, se hallaba el señor arzobispo delante del padre provincial.

–Ilustrísimo señor –decía éste–, a fray Tomás le hemos encontrado muerto. No andaba muy bien de la cabeza. Esos sus estudios y aparatos creo que le hicieron daño.

—¿Ha visto su reverencia esto? —dijo su señoría ilustrísima, mostrándole una placa fotográfica que recogió del suelo, y en la cual se hallaba, con los brazos desclavados y una terrible mirada [2] en los divinos ojos, la imagen de Nuestro Señor Jesucristo.

---

2. «Dulce mirada», escribirá después Darío en la versión consignada en las notas anteriores.

El Salomón negro*

Entonces –cuando Salomón va a reposar en el último sueño y mientras duermen, en un salón de cristal, fatigados grupos de satanes–, una tarde quédase desconcertado: surge ante su vista, como una estatua de hierro, una figura extraordinaria, genio o príncipe de la sombra. ¿Qué genio, qué príncipe tenebroso para él desconocido? La fuerza de su anillo ante la aparición quedaba inútil. Pregunta:

–¿Tu nombre?
–Salomón.

Mayor sorpresa del Sabio. Fíjase luego en la rara belleza de su rostro, de su talante, de una mirada iguales a los suyos. Diríase su propia persona labrada con un inaudito azabache.

–Sí –dijo el maravilloso Salomón negro–. Soy tu igual, sólo que soy todo lo opuesto a ti. Eres el dueño del anverso del disco de la tierra; pero yo poseo el reverso. Tú amas la verdad; yo reino en la mentira, única que existe. Eres hermoso como el día, y bello como la noche. Mi sombra es blanca. Tú comprendes el sentido de las cosas por el lado iluminado por el sol; yo por lo oculto. Tú lees en la luna visible, yo en la escon-

---

* Publicado en *El Sol* (Buenos Aires), 1899.

dida. Tus *djinns* son monstruosos; los míos resplandecen entre los prototipos de belleza. Tú tienes en tu anillo cuatro piedras que te han dado los ángeles; los demonios colocaron en el mío una gota de agua, una gota de sangre, una gota de vino y una gota de leche. Tú crees haber comprendido el idioma de los animales; yo sé que solamente has comprendido los sonidos, no lo arcano del idioma.

Mudo Salomón, hasta entonces, exclamó:

–¡Por Dios Grande! Maléfico espíritu que a él y a su mejor hechura te atreves, ¿cómo osar asegurar tales cosas? Los hombres pueden contaminarse de error; pero los animales del Señor viven en la pureza. ¿Cómo su pensar inocente pudo haberme engañado?

Y el Salomón negro:

–Evoca –dijo– al ángel de forma de ballena que te dio la piedra en que está escrito: *Que todas las criaturas alaben al Señor.*

Salomón puso el anillo sobre su cabeza y el ángel deforme apareció.

–¿Cuál es tu nombre cierto? –preguntó el Salomón negro.

El ángel respondió:

–Tal vez.

Y se deshizo. Salomón llamó a todos los animales y dijo al pavo real:

–¿Qué me expresaste tú?

Y el *pavo real:*

–Como juzgues serás juzgado.

Así preguntó a otras bestias. Y contestaron:

El ruiseñor.–La moderación es el mayor de los bienes.

La tórtola.–Mejor sería para muchos seres que no hubiesen visto el día.

El halcón.–El que no tenga piedad de los demás, no encontrará ninguna para sí.

El ave syrdar.–Pecadores: convertíos a Dios.

La golondrina.–Haced el bien, y seréis recompensados.

El pelícano.–Alabado sea Dios en el cielo y en la tierra.
La paloma.–Todo pasa; Dios sólo es eterno.
El pájaro kata.–Quien calla, está más seguro de acertar.
El águila.–Por larga que sea nuestra vida, llega siempre a su fin.
El cuervo.–Lejos de los hombres se está mejor.
El gallo.–Pensad en Dios, hombres ligeros.

–¡Pues bien! –exclama el Salomón negro–. Tú, pavo real, mientes. Entre los humanos, es el juicio malo el único que prevalece. Y entre los animales, como entre los hombres, la confianza pone en la boca de los lobos a los corderos. Tú, ruiseñor, mientes. Nada triunfa sino el ejercicio de la fuerza. La moderación se llama mediocridad o cobardía. Los leones, las grandes cataratas, las tempestades, no son moderados. Tú, tórtola, mientes, como no hables en tu sentencia de los débiles. La debilidad es el único crimen, junto con la pobreza, sobre la faz de la tierra. Tú, halcón, mientes siete veces. La piedad puede ser la imprudencia. ¡Ay de los piadosos! El odio es salvador y potente. Aplastad a los pequeños; rematad a los heridos; no deis pan a los hambrientos; inutilizad por completo a los cojos. Así se llega a la perfección del mundo. Tú, syrdar, mientes. Eres el pájaro de la hipocresía. Por lo demás, Dios se llama X; se llama Cero. Tú, golondrina, mientes. Eres la querida del halcón. Tú, pelícano, mientes. Eres hermano del syrdar. Y tú, paloma, mientes. Eres la barragana de ambos. Tú, kata, mientes. Quien ruge o truena, no debe callar; la razón siempre está con él. Águila, cuervo y gallo: he de encerraros en la jaula de la insensatez. Ello es tan cierto como que Salomón en su gloria nada puede contra mí, y que el ojo del gallo no penetra la superficie de la tierra para encontrar los manantiales.

Desaparecieron las bestias. Los satanes, despiertos, atisbaban a través de los cristales. Salomón, con una vaga angustia, contemplaba su propia imagen oscurecida en aquel que había hablado y a quien no podía dominar con sus ensalmos. Y el Negro iba a partir, cuando volvió a preguntarle:

–¿Cómo has dicho que te llamas?

–*Salomón* –contestó sonriendo–. Pero también tengo otro nombre.

–¿Cuál?

–Federico Nietzsche.

Quedó el sabio desolado, y preparóse para ascender, con el ángel de las alas infinitas, a contemplar la verdad del Señor.

El pájaro Simorg llegó en rápido vuelo:

–Salomón, Salomón: has sido tentado. Consuélate; regocíjate. ¡Tu esperanza está en David!

Y el alma de Salomón se fundió en Dios.

D. Q.*

Estábamos de guarnición cerca de Santiago de Cuba. Había llovido esa noche; no obstante el calor era excesivo. Aguardábamos la llegada de una compañía de la nueva fuerza venida de España, para abandonar aquel paraje en que nos moríamos de hambre, sin luchar, llenos de desesperación y de ira. La compañía debía llegar esa misma noche según el aviso recibido.

Como el calor arreciase, y el sueño no quisiese darme reposo, salí a respirar fuera de la carpa. Pasada la lluvia, el cielo se había despejado un tanto y en el fondo oscuro brillaban algunas estrellas. Di suelta a la nube de tristes ideas que se aglomeraban en mi cerebro. Pensé en tantas cosas amadas que estaban allá lejos; en la perra suerte que nos perseguía; en que quizá Dios podría dar un nuevo rumbo a su látigo y nosotros entrar en una nueva vía, en una rápida revancha. En tantas cosas pensaba... ¿Cuánto tiempo pasó? Las estrellas sé que poco a poco fueron palideciendo; un aire que refrescó el cam-

* No lo recogen los *Cuentos completos* de 1950. Apareció en el *Almanaque Peuser* (Buenos Aires) de 1899. Se reproduce aquí de: Ernesto Mejía Sánchez, «Un cuento desconocido de Rubén Darío», *Gaceta del Fondo de Cultura Económica,* México, XIII, N. 140 (1966).

po todo sopló del lado de la aurora, y ésta inició su aparecimiento, entre tanto que una diana que no sé por qué llegaba a mis oídos como llena de tristeza, regó sus notas matinales.

Poco tiempo después se anunció que la compañía se acercaba. En efecto, no tardó en llegar a nosotros, y los saludos de nuestros camaradas y los nuestros se mezclaron en el nuevo sol.

Momentos después hablábamos con los compañeros. Nos traían noticias de la patria. Sabían los estragos de las últimas batallas. Como nosotros, estaban desolados, pero con el deseo quemante de luchar, de agitarse en una furia de venganza, de hacer todo el daño posible al enemigo. Todos eran jóvenes y bizarros, menos uno; todos nos buscaban para comunicar con nosotros, para conversar; menos uno. Nos traían provisiones que fueron repartidas. A la hora del rancho, nos pusimos a devorar nuestra escasa pitanza, menos uno.

Tendría como unos cincuenta años, mas también podía haber tenido trescientos. Su mirada triste parecía penetrar hasta lo hondo de nuestras almas y decirnos cosas de siglos. Alguna vez que se le dirigía la palabra, casi no contestaba; sonreía melancólicamente, se aislaba, buscaba la soledad; miraba hacia lo hondo del horizonte, por el lado del mar.

Era el abanderado. ¿Cómo le llamaban? No oí su nombre nunca.

El capellán me dijo, dos días después:

—Creo que no nos darán la orden de partir todavía. La gente se desespera de deseos de pelear. Tenemos algunos enfermos. Por fin, ¿cuándo veríamos llenarse de gloria nuestra pobre y santa bandera? A propósito, ¿ha visto usted al abanderado? Se desvive por socorrer a los enfermos. Él no come; lleva lo suyo a los otros. He hablado con él. Es un hombre milagroso y extraño. Parece bravo y nobilísimo de corazón. Me ha hablado de sueños irrealizables. Cree que dentro de poco estaremos en Washington y que se izará nuestra bandera en el Capitolio, como lo dijo el obispo en su brindis. Le han apenado las últimas desgracias; pero confía en algo desconocido que nos ha de amparar; confía en Santiago; en la nobleza de nuestra raza, en la justicia de nuestra causa. ¿Sabe usted? Los otros le hacen burlas; se ríen de él. Dicen que debajo del uniforme usa una coraza vieja. Él no les hace caso. Conversando conmigo, suspiraba profundamente, miraba el cielo y el mar. Es un buen hombre en el fondo; paisano mío, manchego. Cree en Dios y es religioso. También algo poeta. Dicen que por la noche rima redondillas, se las recita solo, en voz baja. Tiene a su bandera un culto casi supersticioso. Se asegura que pasa las noches en vela; por lo menos, nadie le ha visto dormir. ¿Me confesará usted que el abanderado es un hombre original?

–Señor capellán, le dije, he observado ciertamente algo muy original en ese sujeto, que creo por otra parte, haber visto no sé dónde. ¿Cómo se llama?

–No lo sé, contestóme el sacerdote. No se me ha ocurrido ver su nombre en el registro, pero en su mochila hay marcadas dos letras: «D. Q.».

A un paso del punto en donde acampábamos había un abismo. Más allá de la boca rocallosa, sólo se veía sombra. Una piedra arrojada rebotaba, y no se sentía caer.

Era un bello día. El sol caldeaba tropicalmente la atmósfera. Habíamos recibido orden de alistarnos para marchar, y probablemente ese mismo día tendríamos el primer encuentro con las tropas yanquis. En todos los rostros, dorados por el fuego furioso de aquel cielo candente, brillaba el deseo de la sangre y de la victoria. Todo estaba listo para la partida, el clarín había trazado en el aire su signo de oro. Íbamos a caminar, cuando, un oficial a todo galope, apareció por un recodo. Llamó a nuestro jefe, y habló con él misteriosamente.

¿Cómo os diré lo que fue aquello? ¿Jamás habéis sido aplastados por la cúpula de un templo que haya elevado vuestra esperanza? ¿Jamás habéis padecido viendo que asesinan delante de vosotros a vuestra madre?... Aquélla fue la más horrible desolación. Era «la noticia». Estábamos perdidos, perdidos sin remedio. No lucharíamos más. Debíamos entregarnos, como prisioneros, como vencidos. Cervera estaba en el poder del yanqui. La escuadra se la había tragado el mar, la habían despedazado los cañones de Norteamérica. No quedaba ya nada de España en el mundo que ella descubriera.

Debíamos dar al enemigo vencedor las armas, todo; y el enemigo apareció, en la forma de un gran diablo rubio, de cabellos lacios, barba de chivo, oficial de los Estados Unidos, seguido de una escolta de cazadores de ojos azules.

Y la horrible escena comenzó. Las espadas se entregaron; los fusiles también... Unos soldados juraban; otros palidecían, con los ojos húmedos de lágrimas, estallando de indignación y de vergüenza.

Y la bandera...

Cuando llegó el momento de la bandera, se vio una cosa que puso en todos el espanto glorioso de una inesperada maravilla. Aquel hombre extraño, que miraba tan profundamente con una mirada de siglos, con su bandera amarilla y roja, dándonos una mirada de la más amarga despedida, sin que nadie se atreviese a tocarle, fuese paso a paso al abismo y se arrojó en él. Todavía de lo negro del precipicio, devolvieron las rocas un ruido metálico, como el de una armadura.

El señor capellán cavilaba tiempo después:

–«D. Q.»...

De pronto creí aclarar el enigma. Aquella fisonomía, ciertamente, no me era desconocida.

–D. Q., le dije, está retratado en este viejo libro. Escuchad: «Frisaba la edad de nuestro hidalgo por los cincuenta años: era de complexión recia, seco de carnes, enjuto de rostro, gran madrugador y amigo de la caza. Quieren decir que tenía el sobrenombre de Quijada o Quesada, que en esto hay alguna diferencia en los autores que de este caso escriben; aunque por conjeturas verosímiles se deja entender que se llamaba Quijano».

Era el abanderado. ¿Cómo lo llamaban?

La larva[*]

Como se hablase de Benvenuto Cellini y alguien sonriera de la afirmación que hace el gran artífice en su *Vida*, de haber visto una vez una salamandra, Isaac Codomano dijo:

—No sonriáis. Yo os juro que he visto, como os estoy viendo a vosotros, si no una salamandra, una larva o una ampusa.

»Os contaré el caso en pocas palabras.

»Yo nací en un país en donde, como en casi toda América, se practicaba la hechicería y los brujos se comunicaban con lo invisible. Lo misterioso autóctono no desapareció con la llegada de los conquistadores. Antes bien, en la colonia aumentó, con el catolicismo, el uso de evocar las fuerzas extrañas, el demonismo, el mal de ojo. En la ciudad en que pasé mis primeros años se hablaba, lo recuerdo bien, como de cosa usual, de apariciones diabólicas, de fantasmas y de duendes. En una familia pobre, que habitaba en la vecindad de mi casa, ocurrió, por ejemplo, que el espectro de un coronel peninsular se apareció a un joven y le reveló un tesoro enterrado en el patio. El joven murió de la visita extraordinaria, pero la familia quedó rica, como lo son hoy mismo los descendientes. Apareció-

---

[*] Publicado en *Caras y Caretas* (Buenos Aires), 1910.

se un obispo a otro obispo, para indicarle un lugar en que se encontraba un documento perdido en los archivos de la catedral. El diablo se llevó a una mujer por una ventana, en cierta casa que tengo bien presente. Mi abuela me aseguró la existencia nocturna y pavorosa de un fraile sin cabeza y de una mano peluda y enorme que se aparecía sola, como una infernal araña. Todo eso lo aprendí de oídas, de niño. Pero lo que yo vi, lo que yo palpé, fue a los quince años; lo que yo vi y palpé del mundo de las sombras y de los arcanos tenebrosos.

»En aquella ciudad, semejante a ciertas ciudades españolas de provincia, cerraban todos los vecinos las puertas a las ocho, y a más tardar, a las nueve de la noche. Las calles quedaban solitarias y silenciosas. No se oía más ruido que el de las lechuzas anidadas en los aleros, o el ladrido de los perros en la lejanía de los alrededores.

»Quien saliese en busca de un médico, de un sacerdote, o para otra urgencia nocturna, tenía que ir por las calles mal empedradas y llenas de baches, alumbrado apenas por los faroles de petróleo que daban su luz escasa colocados en sendos postes.

»Algunas veces se oían ecos de músicas o de cantos. Eran las serenatas a la manera española, las arias y romanzas que decían, acompañadas con la guitarra, las ternezas románticas del novio a la novia. Esto variaba desde la guitarra sola y el novio cantor, de pocos posibles, hasta el cuarteto, septuor, y aun orquesta completa y un piano, que tal o cual señorete adinerado hacía sonar bajo las ventanas de la dama de sus deseos.

»Yo tenía quince años, una ansia grande de vida y de mundo. Y una de las cosas que más ambicionaba era poder salir a la calle, e ir con la gente de una de esas serenatas. Pero ¿cómo hacerlo?

»La tía abuela que cuidó de mi niñez, una vez rezado el rosario, tenía cuidado de recorrer toda la casa, cerrar bien todas las puertas, llevarse las llaves y dejarme bien acostado bajo el pabellón de mi cama. Mas un día supe que por la noche habría una serenata. Más aún: uno de mis amigos, tan joven como yo, asistiría a la fiesta, cuyos encantos me pintaba con las más tentadoras palabras. Todas las horas que precedieron a la noche las pasé inquieto, no sin pensar y preparar mi plan de evasión. Así, cuando se fueron las visitas de mi tía abuela –entre ellas un cura y dos licenciados– que llegaban a conversar de política o a jugar al tute o al tresillo, y una vez rezadas las oraciones y todo el mundo acostado, no pensé sino en poner en práctica mi proyecto de robar una llave a la venerable señora.

»Pasadas como tres horas, ello me costó poco, pues sabía en dónde dejaba las llaves, y además, dormía como un bienaventurado. Dueño de la que buscaba, y sabiendo a qué puerta correspondía, logré salir a la calle, en momentos en que, a lo lejos, comenzaban a oírse los acordes de violines, flautas y violoncelos. Me consideré un hombre. Guiado por la melodía, llegué pronto al punto donde se daba la serenata. Mientras los músicos tocaban, los concurrentes tomaban cerveza y licores. Luego, un sastre, que hacía de tenorio, entonó primero *A la luz de la pálida luna,* y luego *Recuerdas cuando la aurora...* Entro en tantos detalles para que veáis cómo se me ha quedado fijo en la memoria cuanto ocurrió esa noche para mí extraordinaria. De las ventanas de aquella Dulcinea, se resolvió ir a las de otra. Pasamos por la plaza de la Catedral. Y entonces... He dicho que tenía quince años, era en el trópico, en mí despertaban imperiosas todas las ansias de la adolescencia... Y en la prisión de mi casa, de donde no salía sino para ir al colegio, y con aquella vigilancia, y con aquellas costumbres primitivas... Ignoraba, pues, todos los misterios. Así, ¡cuál no sería mi gozo cuando, al pasar por la plaza de la Catedral, tras la serenata, vi, sentada en una acera, arropada en su rebozo, como entregada al sueño, a una mujer! Me detuve.

»¿Joven? ¿Vieja? ¿Mendiga? ¿Loca? ¡Qué me importaba! Yo iba en busca de la soñada revelación, de la aventura anhelada.

»Los de la serenata se alejaban.

»La claridad de los faroles de la plaza llegaba escasamente. Me acerqué. Hablé; no diré que con palabras dulces, mas con palabras ardientes y urgidas. Como no obtuviese respuesta, me incliné y toqué la espalda de aquella mujer que no quería contestarme y hacía lo posible por que no viese su rostro. Fui insinuante y altivo. Y cuando ya creía lograda la victoria, aquella figura se volvió hacia mí, descubrió su cara, y ¡oh espanto de los espantos!, aquella cara estaba viscosa y deshecha; un ojo colgaba sobre la mejilla huesosa y saniosa; llegó a mí como un relente de putrefacción. De la boca horrible salió como una risa ronca; y luego aquella "cosa", haciendo la más macabra de las muecas, produjo un ruido que se podría indicar así:

»–¡Kgggggg!...

»Con el cabello erizado, di un gran salto, lancé un gran grito. Llamé.

»Cuando llegaron algunos de la serenata, la "cosa" había desaparecido.

»Os doy mi palabra de honor –concluyó Isaac Codomano– que lo que os he contado es completamente cierto.

Cuento de Pascuas*

Una noche deliciosa, en verdad... El *réveillon* en ese hotel lujoso y elegante, donde tanta belleza y fealdad cosmopolita se junta, en la competencia de las libras, los dólares, los rublos, los pesos y los francos. Y con la alegría del champagne y la visión de blancores rosados, de brillos, de gemas. La música luego, discreta, a lo lejos...

No recuerdo bien quién fue el que me condujo a aquel grupo de damas, donde florecían la yanqui, la italiana, la argentina... Y mi asombro encantado ante aquella otra seductora y extraña mujer, que llevaba al cuello, por todo adorno, un estrecho galón rojo... Luego, un diplomático que llevaba un nombre ilustre me presentó al joven alemán políglota, fino, de un admirable don de palabra, que iba, de belleza en belleza, diciendo las cosas agradables y ligeras que placen a las mundanas.

–M. Wolfhart –me había dicho el ministro–. Un hombre amenísimo.

Conversé largo rato con el alemán, que se empeñó que hablásemos en castellano y, por cierto, jamás he encontrado un

* Publicado en *Mundial Magazine* (París), 1911.

extranjero de su nacionalidad que lo hablase tan bien. Me refirió algo de sus viajes por España y la América del Sur. Me habló de amigos comunes y de sus aficiones ocultistas. En Buenos Aires había tratado a un gran poeta y a un mi antiguo compañero, en una oficina pública, el excelente amigo Patricio [1]... En Madrid... Al poco rato teníamos las más cordiales relaciones. En la atmósfera de elegancia del hotel llamó mi atención la señora que apareció un poco tarde, y cuyo aspecto evocaba en mí algo de regio y de elegante a la vez. Como yo hiciese notar a mi interlocutor mi admiración y mi entusiasmo, Wolfhart me dijo por lo bajo, sonriendo de cierto modo:

–¡Fíjese usted! ¡Una cabeza histórica! ¡Una cabeza histórica!

Me fijé bien. Aquella mujer tenía por el perfil, por el peinado, si no con la exageración de la época, muy semejante a las *coiffures à la Cléopâtre,* por el aire, por la manera y, sobre todo, después que me intrigara tanto *un galón rojo que llevaba por único adorno en el cuello,* tenía, digo, un parecido tan exacto con los retratos de la reina María Antonieta, que por largo rato permanecí contemplándola en silencio. ¿En realidad, era una cabeza histórica? Y tan histórica por la vecindad... A dos pasos de allí, en la plaza de la Concordia... Sí, aquella cabeza que se peinara *a la circasiana, à la Belle-Poule, al casco inglés, al gorro de candor, à la queue en flambeau d'amour, à la chien couchant, à la Diane,* a la tantas cosas más, aquella cabeza...

Se sentó la dama a un extremo del hall, y la única persona con quien hablara fue Wolfhart, y hablaron, según me pareció, en alemán. Los vinos habían puesto en mi imaginación su movimiento de brumas de oro, y alrededor de la figura de encanto y de misterio hice brotar un vuelo de suposiciones exquisitas. La orquesta, con las oportunidades de la casuali-

---

1. Referencia al poeta argentino Leopoldo Lugones y a Patricio Piñeiro Sorondo, ambos amigos de Darío, con quienes éste compartía su interés en asuntos de teosofía y ocultismo.

dad, tocaba una pavana. Cabelleras empolvadas, moscas asesinas, trianones de realizados ensueños, galantería pomposa y libertinaje encintado de poesía, tantas imágenes adorables, tanta gracia sutil o pimentada, de página de memoria, de anécdotas, de correspondencia, de panfleto... Me venían al recuerdo versos de los más lindos escritos con tales temas, versos de Montesquiou-Fezensac, de Régnier, los preciosos poemas italianos de Lucini... Y con la fantasía dispuesta, los cuentos milagrosos, las materializaciones estudiadas por los sabios de los libros arcanos, las posibilidades de la ciencia, que no son sino las concesiones a un enigma cada día más hondo, a pesar de todo... La fácil excitabilidad de mi cerebro estuvo pronto en acción. Y, cuando después de salir de mis cogitaciones, pregunté al alemán el nombre de aquella dama, y él me embrolló la respuesta, repitiendo tan sólo lo de lo histórico de la cabeza, no quedé ciertamente satisfecho. No creí correcto insistir; pero, como siguiendo en la charla yo felicitase a mi flamante amigo por haber en Alemania tan admirables ejemplares de hermosura, me dijo vagamente:

–No es de Alemania. Es de Austria.

Era una belleza *austríaca*... Y yo buscaba la distinta semejanza de detalle con los retratos de Kurcharsky, de Riotti, de Boizot, y hasta con las figuras de cera de los sótanos del museo Grevin...

–Es temprano aún –me dijo Wolfhart, al dejarle en la puerta del hotel en que habitaba–. Pase usted un momento, charlaremos algo más antes de mi partida. Mañana me voy de París, y quién sabe cuándo nos volveremos a encontrar. Entre usted. Tomaremos, a la inglesa, un *whisky-and-soda* y le mostraré algo interesante.

Subimos a su cuarto por el ascensor. Un *valet* nos hizo llevar el bebedizo británico, y el alemán sacó un cartapacio lleno de viejos papeles. Había allí un retrato antiguo, grabado en madera.

–He aquí –me dijo– el retrato de un antecesor mío, Theobald Wolfhart, profesor de la Universidad de Heidelberg. Este abuelo mío fue posiblemente un poco brujo, pero de cierto, bastante sabio. Rehizo la obra de Julius Obsequens sobre los prodigios, impresa por Aldo Manucio, y publicó un libro famoso, el *Prodigiorum ac ostentorum chronicon,* un infolio editado en Basilea, en 1557. Mi antepasado no lo publicó con su nombre, sino bajo el seudónimo de Conrad Lycosthenes. Theobald Wolfhart era un filósofo sano de corazón, que, a mi entender, practicaba la magia blanca. Su tiempo fue terrible, lleno de crímenes y desastres. Aquel moralista empleó la revelación para combatir las crueldades y perfidias, y expuso a las gentes, con ejemplos extraordinarios, cómo se manifiestan las amenazas de lo invisible por medio de signos de espanto y de incomprensibles fenómenos. Un ejemplo será la aparición del cometa de 1557, que no duró sino un cuarto de hora, y que anunció sucesos terribles. Signos en el cielo, desgracias en la tierra. Mi abuelo habla de ese cometa que él vio en su infancia y que era enorme, de un color sangriento, que en su extremidad se tornaba del color del azafrán. Vea usted esta estampa que lo representa, y su explicación por Lycosthenes. Vea usted los prodigios que vieron sus ojos. Arriba hay un brazo armado de una colosal espada amenazante, tres estrellas brillan en la extremidad, pero la que está en la punta es la mayor y más resplandeciente. A los lados hay espadas y puñales, todo entre un círculo de nubes, y entre esas armas hay unas cuantas cabezas de hombres. Más tarde escribía sobre tales fantásticas maravillas Simon Goulard, refiriéndose al cometa: «Le regard d'icelle donna telle frayeur a plusieurs qu'aucuns en moururent; autres tombèrent malades». Y Petrus Greusserus, discípulo de Lichtenberg –el astrólogo–, dice un autor, que habiendo sometido el fenómeno terrible a las reglas de su arte sacó las consecuencias naturales, y tales fueron los pronósticos, que los espíritus más juiciosos padecieron perturbación durante más de medio siglo. Si Lycosthenes señala los desastres de Hungría y de Roma, Simon Goulard habla de las terribles asolaciones de los turcos en tierra húngara, el hambre en Suabia, Lombardía y Venecia, la guerra en Suiza, el sitio de Viena de Austria, sequía en Inglaterra, desborde del océano en Holanda y Zelanda y un terremoto que duró ocho días en Portugal. Lycosthenes sabía muchas cosas maravillosas. Los peregrinos que retornaban de Oriente contaban visiones celestes. ¿No se vio en 1480 un cometa en Arabia, de apariencia amenazante y con los atributos del Tiempo y de la Muerte? A los fatales presagios sucedieron las devastaciones de Corintia, la guerra en Polonia. Se aliaron Ladislao y Matías el Huniada. Vea usted este rasgo de un comentador: «Las nubes tienen sus flotas como el aire sus ejércitos»; pero Lycosthenes, que vivía en el centro de Alemania, no se asienta sobre tal hecho. Dice que en el año 114 de nuestra era, simulacros de navíos se vieron entre las nubes. San Agobardo, obispo de Lyon, está más informado. Él sabe a maravilla a qué región fantástica se dirigen esas ligeras naves. Van al país de Magonia, y sólo por reserva el santo prelado no dice su itinerario. Esos barcos iban dirigidos por los hechiceros llamados *tempestarii*. Mucho más podría referirle, pero vamos a lo principal. Mi antecesor llegó a descubrir que el cielo y toda la atmósfera que nos envuelve están siempre llenos de esas visiones misteriosas, y con ayuda de un su amigo alquimista llegó a fabricar un elixir que permite percibir de ordinario lo que únicamente por excepción se presenta a la mirada de los hombres. Yo he encontrado ese secreto –concluyó Wolfhart–, y aquí, agregó sonriendo, tiene usted el milagro en estas pastillas comprimidas. ¿Un poquito más de whisky?

No había duda de que el alemán era hombre de buen humor y aficionado, no solamente al alcohol inglés, sino a todos los paraísos artificiales. Así me parecía ver en la caja de pastillas que me mostraba, algún compuesto de opio o de cáñamo indiano.

—Gracias —le dije—, no he probado nunca, ni quiero probar el influjo de la *droga sagrada*. Ni hachís, ni el veneno de Quincey...

—Ni una cosa, ni otra. Es algo vigorizante, admirable hasta para los menos nerviosos.

Ante la insistencia y con el último sorbo de whisky, tomé la pastilla, y me despedí. Ya en la calle, aunque hacía frío, noté que circulaba por mis venas un calor agradable. Y olvidando la pastilla, pensé en el efecto de las repetidas libaciones. Al llegar a la plaza de la Concordia, por el lado de los Campos Elíseos, noté que no lejos de mí caminaba una mujer. Me acerqué un tanto a ella y me asombré al verla a aquellas horas, a pie y soberbiamente trajeada, sobre todo cuando a la luz de un reverbero vi su gran hermosura y reconocí en ella a la dama cuyo aspecto me intrigase en el *réveillon:* la que tenía por todo adorno en el cuello blanquísimo un fino galón rojo, rojo como una herida. Oí un lejano reloj dar unas horas. Oí la trompa de un automóvil. Me sentía como poseído de extraña embriaguez. Y, apartando de mí toda idea de suceso sobrenatural, avancé hacia la dama que había pasado ya el obelisco y se dirigía del lado de las Tullerías.

—Madame —le dije—, madame...

Había comenzado a caer como una vaga bruma, llena de humedad y de frío, y el fulgor de las luces de la plaza aparecía como diluido y fantasmal. La dama me miró al llegar a un punto de la plaza; de pronto, me apareció como el escenario de un cinematógrafo. Había como apariencias de muchas gentes en un ambiente como el de los sueños, y yo no sabía decir la manera con que me sentí como en una existencia a un propio tiempo real y cerebral... Alcé los ojos y vi en el fondo opaco del cielo las mismas figuras que en la estampa del libro de Lycosthenes, el brazo enorme, la espada enorme, rodeados de cabezas. La dama, que me había mirado, tenía un aspecto tristemente fatídico, y, cual por la obra de un ensalmo, había cambiado de vestiduras, y estaba con una especie de fichú cuyas largas puntas le caían por delante; en su cabeza ya no había el peinado *à la Cléopâtre*, sino una pobre cofia bajo cuyos bordes se veían los cabellos emblanquecidos. Y luego, cuando iba a acercarme más, percibí a un lado como una carreta, y unas desdibujadas figuras de hombres con tricornios y espadas y otras con picas. A otro lado un hombre a caballo, y luego una especie de tablado... ¡Oh, Dios, naturalmente!: he aquí la reproducción de lo *ya visto*... ¿En mí hay reflexión aun en este instante? Sí, pero siento que lo invisible, entonces visible, me rodea. Sí, es la guillotina. Y, tal en las pesadillas, como si sucediese, veo desarrollarse –¿he hablado ya de cinematógrafo?– la tragedia... Aunque por no sé cuál motivo no puedo darme cuenta de los detalles, vi que la dama me miró de nuevo, y bajo el fulgor color de azafrán que brotaba de la visión celeste y profética, brazo, espadas, nubes y cabezas, vi cómo caía, bajo el hacha mecánica, la cabeza de aquella que poco antes, en el salón del hotel, me admirara con su encanto galante y real, con su aire soberbio, con su cuello muy blanco, adornado con un único galón color de sangre.

¿Cuánto tiempo duró aquel misterioso espectáculo? No lo sabría decir, puesto que ello fue bajo el imperio desconocido en que la ciencia anda a tientas; el tiempo en que el ensueño no existe, y mil años, según observaciones experimentales, pueden pasar en un segundo. Todo aquello había desaparecido, y, dándome cuenta del lugar en donde me encontraba, avancé siempre hacia el lado de las Tullerías. Avancé y me vi entre el jardín, y no dejé de pensar rapidísimamente cómo era que las puertas estaban aún abiertas. Siempre bajo la bruma pálida de aquellas nocturnas horas, seguí adelante. Saldré, me dije, por la primera puerta del lado de la calle Rivoli, que quizás esté también abierta... ¿Cómo no ha de estar abierta?... ¿Pero era o no era aquel jardín el de las Tullerías? Árboles, árboles de oscuros ramajes en medio del invierno... Tropecé al dar un paso con algo semejante a una piedra, y me llené, en medio de mi casi inconsciencia, de una sorpresa pavorosa, cuando escuché un ¡ay! semejante a una queja, parecido a una palabra entrecortada y ahogada; una voz que salía de aquello que mi pie había herido, y que era, no una piedra, sino una cabeza. Y alzando hacia el cielo la mirada vi la faz de la luna en el lugar en que antes la espada formidable, y allí estaban las cabezas de la estampa de Lycosthenes. Y aquel jardín, que se extendía vasto cual una selva, me llenó del encanto grave que había en su recinto de prodigio. Y a través de velos de ahumado oro refulgía tristemente en lo alto la cabeza de la luna. Después me sentí como en una certeza de poema y de libro santo, y, como por un motivo incoherente, resonaban en la caja de mi cerebro las palabras: «¡Última hora! ¡Trípoli! ¡La toma de Pekín!» leídas en los diarios del día. Conforme con mis anhelos de lo divino, experimentando una inexpresable angustia, pensé: «¡Oh Dios! ¡Oh Señor! ¡Padre nuestro!»...

Volví la vista y vi a un lado, en una claridad dulce y dorada, una forma de lira, y sobre la lira una cabeza igual a la del Orfeo de Gustave Moreau, del Luxemburgo. La faz expresaba pesadumbre, y alrededor había como un movimiento de seres, de los que se llaman animados porque sus almas se manifiestan por el movimiento, y de los que se llaman inanimados porque su movimiento es íntimo y latente. Y oí que decía, según me ayuda mi recuerdo, aquella cabeza: «¡Vendrá, vendrá el día de la concordia, y la lira será entonces consagrada en la pacificación!». Y cerca de la cabeza de Orfeo vi una rosa milagrosa, y una hierba marina, y que iba avanzando hacia ellas una tortuga de oro.

Pero oí un gran grito al otro lado. Y el grito, como el de un coro, de muchas voces. Y a la luz que os he dicho, vi que quien gritaba era un árbol, uno de los árboles coposos, llenos de cabezas por frutos, y pensé que era el árbol de que habla el libro sagrado de los musulmanes. Oí palabras en loor de la grandeza y omnipotencia de Alá. Y bajo el árbol había sangre.

Haciendo un esfuerzo, quise ya no avanzar, sino retroceder a la salida del jardín, y vi que por todas partes salían murmullos, voces, palabras de innumerables cabezas que se destacaban en la sombra como aureoladas, o que surgían entre los troncos de los árboles. Como acontece en los instantes dolorosos de algunas pesadillas, pensé que todo lo que me pasaba era un sueño, para disminuir un tanto mi pavor. Y en tanto, pude *reconocer* una temerosa y abominable cabeza asida por la mano blanca de un héroe, asida de su movible e infernal toisón de serpientes: la tantas veces maldecida cabeza de Medusa. Y de un brazo, como de carne de oro de mujer, pendía otra cabeza, una cabeza con barba ensortijada y oscura, y era la cabeza del guerrero Holofernes. Y la cabeza de Juan el Bautista; y luego, como viva, de una vida singular, la cabeza del Apóstol que en Roma hiciera brotar el agua de la tierra; y otra cabeza que Rodrigo Díaz de Vivar arrojó, en la cena de la venganza, sobre la mesa de su padre.

Y otras que eran la del rey Carlos de Inglaterra y la de la reina María Estuardo... Y las cabezas aumentaban, en grupos, en amontonamientos macabros, y por el espacio pasaban relentes de sangre y de sepulcro; y eran las cabezas hirsutas de los dos mil halconeros de Bayaceto; y las de las odaliscas degolladas en los palacios de los reyes y potentados asiáticos; y las de los innumerables decapitados por su fe, por el odio, por la ley de los hombres; las de los decapitados de las hordas bárbaras, de las prisiones y de las torres reales, las de los Gengiskanes, Abdulhamides y Behanzines...

Dije para mí: ¡Oh, mal triunfante! ¿Siempre seguirás sobre la faz de la tierra? ¿Y tú, París, cabeza del mundo, serás también cortada con hacha, arrancada de tu cuerpo inmenso?

Cual si hubiesen sido escuchadas mis interiores palabras, de un grupo en que se veía la cabeza de Luis XVI, la cabeza de la princesa de Lamballe, cabezas de nobles y cabezas de revolucionarios, cabezas de santos y cabezas de asesinos, avanzó una figura episcopal que llevaba en sus manos su cabeza, y la cabeza del mártir Dionisio, el de las Galias, exclamó:

−¡En verdad os digo, que Cristo ha de resucitar!

Y al lado del apostólico decapitado vi a la dama del hall del hotel, a la dama austríaca con el cuello desnudo; pero en el cual se veía, como un galón rojo, una herida purpúrea, y María Antonieta dijo:

–¡Cristo ha de resucitar!

Y la cabeza de Orfeo, la cabeza de Medusa, la cabeza de Holofernes, la cabeza de Juan y la de Pablo, el árbol de cabezas, el bosque de cabezas, la muchedumbre fabulosa de cabezas, en el hondo grito, clamó:

–¡Cristo ha de resucitar! ¡Cristo ha de resucitar!...

–Nunca es bueno dormir inmediatamente después de comer –concluyó mi buen amigo el doctor.

Huitzilopoxtli*
Leyenda mexicana

Tuve que ir, hace poco tiempo, en una comisión periodística, de una ciudad frontera de los Estados Unidos, a un punto mexicano en que había un destacamento de Carranza. Allí se me dio una recomendación y un salvoconducto para penetrar en la parte de territorio dependiente de Pancho Villa, el guerrillero y caudillo militar formidable. Yo tenía que ver un amigo, teniente en las milicias revolucionarias, el cual me había ofrecido datos para mis informaciones, asegurándome que nada tendría que temer durante mi permanencia en su campo.

Hice el viaje, en automóvil, hasta un poco más allá de la línea fronteriza en compañía de míster John Perhaps, médico, y también hombre de periodismo, al servicio de diarios yanquis, y del Coronel Reguera, o mejor dicho, el Padre Reguera, uno de los hombres más raros y terribles que haya conocido en mi vida. El Padre Reguera es un antiguo fraile que, joven

---

* Publicado en el *Diario de Centro-América* (Guatemala), 1915.
No lo recogen los *Cuentos completos* de 1950. Aquí se reproduce de Raimundo Lida, quien lo añadió, como «Apéndice» a su libro *Letras hispánicas* (Fondo de Cultura Económica, México, 1958).

en tiempo de Maximiliano, imperialista, naturalmente, cambió en el tiempo de Porfirio Díaz de Emperador sin cambiar en nada de lo demás. Es un viejo fraile vasco que cree en que todo está dispuesto por la resolución divina. Sobre todo, el derecho divino del mando es para él indiscutible.

–Porfirio dominó –decía– porque Dios lo quiso. Porque así debía ser.

–¡No diga macanas! –contestaba míster Perhaps, que había estado en la Argentina.

–Pero a Porfirio le faltó la comunicación con la Divinidad... ¡Al que no respeta el misterio se lo lleva el diablo! Y Porfirio nos hizo andar sin sotana por las calles. En cambio Madero...

Aquí en México, sobre todo, se vive en un suelo que está repleto de misterio. Todos esos indios que hay no respiran otra cosa. Y el destino de la nación mexicana está todavía en poder de las primitivas divinidades de los aborígenes. En otras partes se dice: «Rascad... y aparecerá el...». Aquí no hay que rascar nada. El misterio azteca, o maya, vive en todo mexicano por mucha mezcla social que haya en su sangre, y esto en pocos.

–Coronel, ¡tome un whisky! –dijo míster Perhaps, tendiéndole su frasco de ruolz.

–Prefiero el comiteco –respondió el Padre Reguera, y me tendió un papel con sal, que sacó de un bolsón, y una cantimplora llena del licor mexicano.

Andando, andando, llegamos al extremo de un bosque, en donde oímos un grito: «¡Alto!». Nos detuvimos. No se podía pasar por ahí. Unos cuantos soldados indios, descalzos, con sus grandes sombreros y sus rifles listos, nos detuvieron.

El viejo Reguera parlamentó con el principal, quien conocía también al yanqui. Todo acabó bien. Tuvimos dos mulas y un caballejo para llegar al punto de nuestro destino. Hacía luna cuando seguimos la marcha. Fuimos paso a paso. De pronto exclamé dirigiéndome al viejo Reguera:

–Reguera, ¿cómo quiere que le llame, Coronel o Padre?

–¡Como la que lo parió! –bufó el apergaminado personaje.

–Lo digo –repuse– porque tengo que preguntarle sobre cosas que a mí me preocupan bastante.

Las dos mulas iban a un trotecito regular, y solamente míster Perhaps se detenía de cuando en cuando a arreglar la cincha de su caballo, aunque lo principal era el engullimiento de su whisky.

Dejé que pasara el yanqui adelante, y luego, acercando mi caballería a la del Padre Reguera, le dije:

–Usted es un hombre valiente, práctico y antiguo. A usted le respetan y lo quieren mucho todas estas indiadas. Dígame en confianza: ¿es cierto que todavía se suelen ver aquí cosas extraordinarias, como en tiempos de la conquista?

–¡Buen diablo se lo lleve a usted! ¿Tiene tabaco?

Le di un cigarro.

–Pues le diré a usted. Desde hace muchos años conozco a estos indios como a mí mismo, y vivo entre ellos como si fuese uno de ellos. Me vine aquí muy muchacho, desde en tiempo de Maximiliano. Ya era cura y sigo siendo cura, y moriré cura.

–¿Y...?

–No se meta en eso.

–Tiene usted razón, Padre; pero sí me permitirá que me interese en su extraña vida. ¿Cómo usted ha podido ser durante tantos años sacerdote, militar, hombre que tiene una leyenda, metido por tanto tiempo entre los indios, y por último aparecer en la Revolución con Madero? ¿No se había dicho que Porfirio le había ganado a usted?

El viejo Reguera soltó una gran carcajada.

–Mientras Porfirio tuvo a Dios, todo anduvo muy bien; y eso por doña Carmen...

–¿Cómo, Padre?

–Pues así... Lo que hay es que los otros dioses...

–¿Cuáles, Padre?

—Los de la tierra...
—¿Pero usted cree en ellos?
—Calla, muchacho, y tómate otro comiteco.
—Invitemos —le dije— a míster Perhaps, que se ha ido ya muy delantero.
—¡Eh, Perhaps! ¡Perhaps!
No nos contestó el yanqui.
—Espere —le dije—, Padre Reguera; voy a ver si lo alcanzo.
—No vaya —me contestó mirando al fondo de la selva—. Tome su comiteco.

El alcohol azteca había puesto en mi sangre una actividad singular. A poco andar en silencio, me dijo el Padre:
—Si Madero no se hubiera dejado engañar...
—¿De los políticos?
—No, hijo; de los diablos...
—¿Cómo es eso?
—Usted sabe.
—Lo del espiritismo...
—Nada de eso. Lo que hay es que él logró ponerse en comunicación con los dioses viejos...
—¡Pero, Padre...!
—Sí, muchacho, sí, y te lo digo porque, aunque yo diga misa, eso no me quita lo aprendido por todas esas regiones en tantos años... Y te advierto una cosa: con la cruz hemos hecho aquí muy poco, y por dentro y por fuera el alma y las formas de los primitivos ídolos nos vencen... Aquí no hubo suficientes cadenas cristianas para esclavizar a las divinidades de antes; y cada vez que han podido, y ahora sobre todo, esos diablos se muestran.

Mi mula dio un salto atrás, toda agitada y temblorosa; quise hacerla pasar y fue imposible.
—Quieto, quieto —me dijo Reguera.

Sacó su largo cuchillo y cortó de un árbol un varejón, y luego con él dio unos cuantos golpes en el suelo.
—No se asuste —me dijo—; es una cascabel.

Y vi entonces una gran víbora que quedaba muerta a lo largo del camino. Y cuando seguimos el viaje, oí una sorda risita del cura.

–No hemos vuelto a ver al yanqui –le dije.

–No se preocupe; ya le encontraremos alguna vez.

Seguimos adelante. Hubo que pasar a través de una gran arboleda tras la cual oíase el ruido del agua en una quebrada. A poco: «¡Alto!».

–¿Otra vez? –le dije a Reguera.

–Sí –me contestó–. Estamos en el sitio más delicado que ocupan las fuerzas revolucionarias. ¡Paciencia!

Un oficial con varios soldados se adelantaron. Reguera les habló y oí contestar al oficial:

–Imposible pasar más adelante. Habrá que quedar ahí hasta el amanecer.

Escogimos para reposar un escampado bajo un gran ahuehuete.

De más decir que yo no podía dormir. Yo había terminado mi tabaco y pedí a Reguera.

–Tengo –me dijo–, pero con mariguana.

Acepté, pero con miedo, pues conozco los efectos de esa yerba embrujadora, y me puse a fumar. En seguida el cura roncaba y yo no podía dormir.

Todo era silencio en la selva, pero silencio temeroso, bajo la luz pálida de la luna. De pronto escuché a lo lejos como un quejido largo y aullante, que luego fue un coro de aullidos. Yo ya conocía esa siniestra música de las selvas salvajes: era el aullido de los coyotes.

Me incorporé cuando sentí que los clamores se iban acercando. No me sentía bien y me acordé de la mariguana del cura. Si sería eso...

Los aullidos aumentaban. Sin despertar al viejo Reguera, tomé mi revólver y me fui hacia el lado en donde estaba el peligro.

Caminé y me interné un tanto en la floresta, hasta que vi

una especie de claridad que no era la de la luna, puesto que la claridad lunar, fuera del bosque, era blanca, y ésta, dentro, era dorada. Continué internándome hasta donde escuchaba como un vago rumor de voces humanas alternando de cuando en cuando con los aullidos de los coyotes.

Avancé hasta donde me fue posible. He aquí lo que vi: un enorme ídolo de piedra, que era ídolo y altar al mismo tiempo, se alzaba en esa claridad que apenas he indicado. Imposible detallar nada. Dos cabezas de serpiente, que eran como brazos o tentáculos del bloque, se juntaban en la parte superior, sobre una especie de inmensa testa descarnada, que tenía a su alrededor una ristra de manos cortadas, sobre un collar de perlas, y debajo de eso, vi, en vida de vida, un movimiento monstruoso. Pero ante todo observé unos cuantos indios, de los mismos que nos habían servido para el acarreo de nuestros equipajes, y que silenciosa y hieráticamente daban vueltas alrededor de aquel altar viviente.

Viviente, porque fijándome bien, y recordando mis lecturas especiales, me convencí de que aquello era un altar de Teoyaomiqui, la diosa mexicana de la muerte. En aquella piedra se agitaban serpientes vivas, y adquiría el espectáculo una actualidad espantable.

Me adelanté. Sin aullar, en un silencio fatal, llegó una tropa de coyotes y rodeó el altar misterioso. Noté que las serpientes, aglomeradas, se agitaban; y al pie del bloque ofídico, un cuerpo se movía, el cuerpo de un hombre. Míster Perhaps estaba allí.

Tras un tronco de árbol yo estaba en mi pavoroso silencio. Creí padecer una alucinación; pero lo que en realidad había era aquel gran círculo que forma[ba]n esos lobos de América, esos aullantes coyotes más fatídicos que los lobos de Europa.

Al día siguiente, cuando llegamos al campamento, hubo que llamar al médico para mí.

Pregunté por el Padre Reguera.

–El Coronel Reguera –me dijo la persona que estaba cerca de mí– está en este momento ocupado. Le faltan tres por fusilar.

Edgar Poe y los sueños*

1

No hace mucho tiempo se publicó un voluminoso libro sobre la vida y obras de Edgar Poe, que puede colocarse entre lo mejor y más completo de la bibliografía poeana, junto con la tesis de M. G. Petit, estudio médico psicológico sobre Poe, publicada en Lyon en 1903. Me refiero al sesudo trabajo de M. Emile Lauvrière, en que se ocupa, psicopatológicamente, de la dura existencia y de la extraordinaria obra del gran norteamericano. Dicho libro es a menudo puesto a contribución en el estudio del Dr. Dupouy, sobre los opiómanos, quien juzgaría que la parte onírica que se nota en algunas producciones de Poe se debe al uso del veneno tebaico. Muchos escritores que, bien informados, han tratado de la vida del autor de

* Tres artículos aparecidos en *La Nación* el 8 de mayo, y el 20 y 24 de julio de 1913. El «sesudo trabajo» de Emile Lauvrière que sigue aquí Darío puede ser su libro en dos volúmenes *Edgar Allan Poe. Sa vie et son oeuvre* (París: Alcan: 1902), cuyo título casi coincide con la primera frase de Darío. Sin embargo, Ángel Rama señala que aquél «parte del libro de Emile Lauvrière (*Edgar Poe,* París, Bloud et Cie., 1911)», de publicación más cercana a la fecha de este ensayo.

«El Cuervo», no creen que fuese un opiómano. La calidad de sus visiones sómnicas, en realidad, pueden haber sido producidas por el alcohol a altas dosis, como pasa en casos de dipsomanías. Sin embargo, Dupouy cree firmemente, «con Baudelaire, Woodberry, que cita el irrecusable testimonio de una prima, Miss Herring, con Lauvrière... que Poe fue un adepto del láudano, como Coleridge, su maestro admirado, y, desgraciadamente, su modelo en psicopatología». Cierto que en los cuentos y en algunos poemas se llega a notar el estado casi inexpresable –él logra a veces una conquista de expresión– del ambiente y de la lógica ilógica de los sueños; pero, repito, también eso puede observarse en ciertos estados alcohólicos. Además, no es una razón el que personajes de los cuentos hablen del opio y de sus efectos, sean opiómanos. Con todo, es muy posible que en aquellos tiempos en que el uso medicinal del láudano estaba tan esparcido, haya él recurrido a la droga para calmar neuralgias o malestares gástricos, sobre todo cuando el cólera causaba en los Estados Unidos terribles estragos. Y del uso ocasional o preventivo haya caído en el uso habitual y de impregnación, sin que por ello haya abandonado, cuando timideces, miedos, postraciones y depresiones le asaltaban, el empleo del alcohol. De allí su excesivo soñar; mas los sueños eran en él una disposición natural e innata, como en Nerval: vivía soñando. Así pudo escribir en «Berenice»: «Las realidades del mundo me afectaban como visiones, y como visiones solamente, en tanto que las locas ideas del país de los sueños llegaban a ser, en cambio, no la materia de mi existencia de todos los días, sino en verdad mi única y entera existencia». Así puede observar Dupouy que desde su juventud, junto con el gusto de lo impreciso y el sentimiento de lo infinito, «su espíritu desdeña las realidades, se complace en las ficciones de su imaginación y se refugia en medio de los paisajes fantásticos que su "ojo de visionario" le permite entrever», como Arved Barine, «paisajes de sueño, construidos por su imaginación con las formas indecisas y movientes que le sugería en sus largos paseos su cerebro de neurótico». Sí, el sueño se encuentra en todo Poe, en toda su obra, y yo diría en toda su vida. La frase citada, de «Berenice» –que es la confirmación personal de una frase de Shakespeare–, puede ser tomada al pie de la letra. La vida sómnica aparece en producciones como el poema «País de sueño», cuyas «visiones de inmenso y de infinito, fuera del Espacio y del Tiempo», compara Dupouy con las de Quincey y Coleridge, influenciados por el opio.

> *Valles sin fondo y ríos sin fin,*
> *Abismos abiertos, cavernas y florestas de gigantes,*
> *Cuyas formas no sorprendió ojo humano*
> *Bajo la bruma que llora.*
>
> *Montes eternamente desplomados*
> *En mares sin orillas,*
> *Mares que sin tregua se levantan,*
> *Gimientes, hacia cielos que llamean,*
>
> *Lagos que explayan al infinito*
> *Sus aguas solitarias, solitarias y muertas,*
> *Sus taciturnas aguas, taciturnas y heladas,*
> *Bajo la nieve de los lirios lánguidos.*
>
> *Sobre el monte, a lo largo de los ríos murmurantes,*
> *Muy abajo y siempre murmurantes,*
> *Bajo los bosques grises, en los pantanos,*
> *Donde habitan el sapo y la salamandra.*
>
> *Cerca de los pantanos y de los estanques siniestros,*
> *Donde las vampiresas hacen su morada,*
> *En todos los lugares más malditos,*
> *En todos los rincones más lúgubres.*

El viajero encuentra espantado
Las Sombras veladas del pasado,
Fantasmas que bajo sus sudarios lívidos se estremecen
  y suspiran
Al pasar cerca del hombre errante,

Fantasmas envueltos y pálidos de amigos que la agonía
Ha desde hace mucho tiempo devuelto a la Tierra
  y al Cielo...

Baudelaire, citado por Dupouy –y Baudelaire sí era aficionado al veneno oscuro–, escribe a propósito del opio, después de Quincey: «El espacio es profundizado por el opio; el opio da un sentido mágico a todos los tintes y hace vibrar todos los ruidos con una más significativa sonoridad. Algunas veces, perspectivas magníficas, llenas de color y de luz, se abren súbitamente en sus paisajes, y se ve aparecer en el fondo de sus horizontes ciudades orientales y arquitecturas vaporizadas por la distancia, donde el sol arroja lluvias de oro». Quien estas líneas escribe puede afirmar que sin haber nunca probado la acción del «potente y sutil» opio, ha contemplado en un estado hipnagógico, o en sueños definidos, espectáculos semejantes, aunque no con luces vivaces, sino en una especie de luz tamizada y difusa –después de pasada la influencia activa de excitantes alcohólicos–. Se comprobó en Poe lo que llama Dupouy la alucinación panorámica, que Quincey detalla –más en el sueño– en sus *Confesiones*. Escribe Poe: «Yo me encontraba al pie de una alta montaña que dominaba una vasta llanura, a través de la cual corría un majestuoso río. A la orilla de ese río se levantaba una ciudad de un aspecto oriental, tal como vemos en las *Mil y una noches,* pero de un carácter todavía más singular que ninguna de las que están allí descritas. Desde donde yo estaba, muy sobre el nivel de la ciudad, podía percibir todos sus rincones y sus ángulos, como si hubiesen estado dibujados sobre un cartón. Las calles parecían innumerables y se cruzaban irregularmente en todas direcciones, pero tenían menos semejanza a calles que a largas avenidas contorneadas, que hormigueaban literalmente de habitantes. Las casas eran extrañamente pintorescas. De cada lado era una verdadera orgía de balcones, verandas, alminares, nichos y torrecillas fantásticamente cortadas. Los bazares abundaban: las más ricas mercaderías se desplegaban con una variedad y una profusión infinitas: sedas, muselinas, las más deslumbrantes cuchillerías, diamantes y joyas de las más magníficas. Al lado de esas cosas se veían de todos lados pabellones, palanquines, literas donde se encontraban magnificentes damas severamente veladas, elefantes fastuosamente caparazonados, ídolos grotescamente tallados, tambores, banderas, gongos, lanzas, cachiporras doradas y plateadas. Y entre la muchedumbre, el clamor, la mezcla y la confusión generales, entre un millón de hombres negros y amarillos, con turbantes y ropas talares, con la barba flotante, circulaba una multitud innumerable de bueyes santamente encintados, en tanto que legiones de monos sucios y sagrados trepaban chirriando y chillando por las cornisas de las mezquitas de donde se suspendían a los alminares y torrecillas. De las calles hormigueantes a los muelles del río descendían innumerables escaleras que conducían a baños, mientras que el río mismo parecía penosamente abrirse paso a través de vastas flotas de construcciones sobrecargadas que atormentaban su superficie en todo sentido. Más allá de los muros de la ciudad se levantaban, frecuentemente, en grupos majestuosos, la palmera y el cocotero, con otros árboles de una gran edad, gigantescos y solemnes; y aquí y allá se podía divisar un campo de arroz, la choza de paja de un campesino, una cisterna, un templo aislado, un campamento de gitanos o una graciosa joven solitaria siguiendo su camino, con una jarra sobre la cabeza, hacia los bordes del magnífico río». Todo eso es sueño, simplemente sueño, una especie de sueño que, naturalmente, no es dado tener a cualquiera. Hay que tener la sensibilidad, el alma, la cultura y la fisiología de Poe, para soñar de esa manera. Él escribió eso despierto, pero en la atmósfera del «dream» que nunca le abandonaba. Vesánico o no, Poe es genial y fuera de la común humanidad. Me parece muy justa la observación de Dupouy, de que la intoxicación no creó nada en Poe, y que sus visiones sobrenaturales no le han aparecido, sino porque estaba preparado, desde hacía tiempo, desde siempre; sin embargo, sin el influjo de los excitantes no hubiera adquirido lo anormal, lo raro, lo ultradiabólico o lo superangelical que se desborda en algunos de sus trabajos. Más bien habrá que afirmar con el mismo doctor que «si Poe debe a su embriaguez dipsomaníaca ese indefinible estremecimiento de horror que hace pasar en algunos de sus cuentos, ha sido preciso para que a nuestra vez nos estremezcamos leyéndole, que semejante horror fuese antes sentido por semejante genio, único capaz de traducirlo y de comunicarlo. Para gustar con el opio los exóticos sueños de Poe, para contemplar con un ojo ávido los mágicos panoramas de un "País de sueño", para estremecerse de un poético terror ante la aparición de una Ligeia, para oír el "never more" del "Cuervo", hay, ante todo, que tener el genio de un Poe, y eso sólo debía dar a reflexionar a los presuntuosos que van a mendigar a la hipócrita y maleficiosa droga una inspiración que saben no encontrarán en ellos mismos». Cuerdas palabras para que sean bien entendidas por los jóvenes engañados por sus propias equivocadas ambiciones, que creen que con el ajenjo verlainiano soñarán las mismas fiestas galantes que Verlaine, o con el gin o el láudano de Poe, tendrán la llave de los misteriosos infiernos y paraísos que visitó señalado por la fatalidad, aquel espíritu excepcional. Y quien dice en este caso Poe, o Verlaine, dice otros ejemplos.

Y Poe mismo jamás escribía bajo el influjo del excitante. Él reproducía sus sueños pasadas las crisis. Y más de una vez señaló el peligro alcohólico, como enemigo de la meditación. Puso la enfermedad alcohólica –hoy reconocida como enfermedad por la ciencia médica– sobre todas las enfermedades. Tenía, ¡ay! por fuertes razones, morales y físicas, que recurrir a aquel modificador del ánimo y del pensamiento; y cuando volvía de la «gehenna», estaba pálido de sobrehumanos sufrimientos.

2

En Poe se desenvuelve ante todo una supercomprensión de sí mismo hasta más allá de los límites de lo expresable, y del universo igualmente, hasta la creación de un propio sistema cosmogónico. Con tal poder movíase en el mundo misterioso del sueño, como si fuese posesor de inmemoriales reminiscencias. Desde niño se ve ya habituado a ese mundo hermético. Cuando habla, por ejemplo, en la persona de William Wilson, de una cosa de los tiempos elizabethanos, «en una aldea brumosa», donde había casas antiquísimas: «Era verdaderamente uno de esos lugares como no se ven sino en sueños...». En «Dreams» se le contempla «sumergido, cuando el sol brilla en el cielo de estío, en sueños de una luminosidad viva, de una radiosa belleza; dejaba errar su alma en regiones de su invención lejos de su propia morada, en compañía de seres nacidos de su propia fantasía». Todo lo que le concierne está rodeado de una bruma que indica la anormalidad. No se trata aún de sus hábitos de intemperancia, que no han sino de ser causa del desarrollo de sus predisposiciones enfermizas, de su hipersensibilidad singular. Cuando Poe describe los comienzos de sus amores con la hija de Mrs. Clemm –Virginia– se diría que narra un sueño. Es curioso saber que gustaba de los dibujos de ese otro soñador del lápiz, que cayó en la alienación, Grandville. Así también se ha señalado su «sensibilidad al miedo». Sea por el uso de estupefacientes, sea por su estado especial, el caso es que ya en Charlottesville y en West Point, los condiscípulos del poeta notaban en él «un perpetuo estado de "rêverie"». En uno de los cuentos, algo más tarde, un personaje, que se puede juzgar exprese sentimientos del autor, dice «... pues soy un esclavo atado al yugo del opio, un prisionero que lleva sus ataduras, y mis obras, como mis voluntades, han tomado los fantásticos colores de mis sueños, a veces locamente excitados por una dosis inmoderada de opio... ¡Oh! entonces la irradiación de mis ensueños, de esas aéreas visiones que levantan el alma en una exaltación divina...». Por otra parte, ¿qué más expresivo que ciertas palabras del prefacio de «Eureka», su libro de verdades, cuando se dirige «a los soñadores», y a aquellos que ponen su fe en los sueños como que son las únicas realidades?

El sueño llega a presentarse estando el poeta despierto, pero después de alguna crisis etílica. Tal lo que narra, en cierta ocasión, el editor de una revista de ese tiempo, Mr. John Sartain: «... Después del té, como ya era de noche, se preparaba a salir, para ir, decía, a Schuijilkill. Le dije que con gusto le acompañaría y no hizo objeción alguna. Me habló de su deseo de que después de su muerte cuidase de que su retrato hecho por Osgood se lo diesen a su madre (Mrs. Clemm). Durante este inquietante y peligroso paseo en las tinieblas, sobre los bordes del alto estanque de Fairmount, se puso a hablar de visiones en una prisión: una joven, toda radiosa por sí misma, o por la atmósfera que la envolvía, le dirigía la palabra de lo alto de una torre de piedra almenada... En fin, después de haber dormido, recobró poco a poco conciencia y reconoció la ilusión de esas pesadillas». Mr. Sartain es de los que afirman en Poe el uso del láudano.

Las palabras del triste Edgar a su amigo Neal: «No he sido y no soy desde mi infancia sino un soñador», son de una inconcusa realidad. M. Lauvrière pone, con justicia, en el imperio del sueño, a Poe, sobre Byron y sobre Shelley, «el más grande soñador delante del Eterno». Habrá que repetir las bellas frases del enfermo de la más terrible de las enfermedades: «Los sueños –dice Poe– en ese rico colorido que prestan a la vida, como en esta lucha, inasible bajo sus velos de sombras y de brumas, de las apariencias contra la realidad, traen al ojo en delirio más bellezas del Paraíso y del Amor, bellezas que son completamente nuestras, que la joven Esperanza no ha conocido en sus horas más llenas de sol». Y luego: «¿Qué habría podido ver más? Fue una sola vez, una sola vez (y esta hora de extravío no dejará nunca mi memoria); algún poder, algún hechizo se apoderó de mí; era el viento helado que pasaba sobre mí en la noche y dejaba su imagen en mi alma, o la luna que irradiaba, en su sopor, de su carrera alta demasiado fríamente, o las estrellas... ¿Qué importa? Ese sueño fue como este viento de la noche... ¡Que pase!». Él confiesa que los sueños que tenía despierto le eran más penosos que los que tenía «en visiones de la sombría noche». Y esa inevitable obsesión de los paisajes extraños, de las regiones sómnicas: «Obscuros valles, y ríos fantasmas, ¡y bosques nubosos cuyas formas no podemos descubrir bajo las lágrimas que lloran de todas partes! El claro de luna cae sobre las cabañas y sobre los castillos... sobre los bosques extraños, sobre el mar, sobre los espíritus en su vuelo, sobre toda cosa soporizada, y los envuelve totalmente en un laberinto de luz... Y entonces, ¡cuán profunda, oh, profunda es la pasión de su sueño!». Y es ya una transposición de la vida al sueño ese peregrino poema «Al Aaraaf», en que la fantasía evoluciona en un ambiente astronómico. En otra parte que en el famoso cuento hablará del «sueño soñador» de Ligeia. Visiones de sueño, en «The Valley of Unrest», o en la «ciudad condenada, sola en el fondo del Occidente oscuro». Con el uso del opio adquiere la visión trascendente, explicada por Quincey en sus célebres confesiones. «El sentimiento del espacio, y al fin, el del tiempo, se encontraban poderosamente modificados. Los edificios, los paisajes, y todo lo demás, tomaban tan vastas proporciones que el ojo sufría. El espacio se inflama hasta un grado infinito inexpresable, menos turbador, sin embargo, que la vasta extensión del tiempo: me parecía en veces haber vivido setenta o cien años en una sola noche; más aún, a veces se sucedían en ese lapso de tiempo sentimientos correspondientes a millares de años o a períodos que pasaban los límites de la experiencia humana.» Poe cayó en esos torbellinos extraordinarios y, según el biógrafo que he citado, los buscó deliberadamente con un fin artístico.

En el poema «Irene» la figuración onírica es flagrante. En lo relativo a la expresión de esas sutilísimas y extrahumanas sensaciones, véase lo que escribe en «Marginalia», a propósito del sueño: «Hay una clase de fantasías de una exquisita delicadeza que "no" son pensamientos y a los cuales no he podido "todavía" adaptar nunca el lenguaje. Empleo la palabra fantasías al azar, por la única razón que me es preciso usar alguna palabra; pero la idea que se junta comúnmente a ese término no se aplica ni de lejos a esas sombras de sombras. Me parece que son fenómenos más bien psíquicos que intelectuales. No se elevan en el alma (tan raramente, ¡ay!), sino en las horas de la más intensa tranquilidad –cuando la salud física y mental es perfecta–, y en esos cortos instantes en que se confunden los confines del mundo de las vigilias con los del mundo de los sueños. Yo no tengo conciencia de esas "fantasías" más que sobre los bordes mismos del sueño. Me he dado cuenta de que esa condición no existe sino por un lapso de tiempo inapreciable en que se presentan amontonadas, sin embargo, esas "sombras de sombras", y un pensamiento absoluto exige alguna duración de tiempo.

»Esas "fantasías" determinan un éxtasis cuya voluptuosidad es bien superior a todas las del mundo de los sueños o de la vigilia... Considero esas visiones, desde que surgen, con un temor respetuoso que, por ciertos puntos, modera o tranquiliza el éxtasis, y si las considero así es que estoy convencido (convicción nacida del éxtasis), de que ese éxtasis es en sí un carácter superior a la naturaleza humana, es una ojeada sobre el mundo espiritual, y llego a esta conclusión, si tal término puede aplicarse a una situación instantánea, al percibir que la voluptuosidad experimentada tiene por elemento una "novedad absoluta". Digo absoluta; pues en esas fantasías –dejadme llamarlas ahora impresiones psíquicas– no hay realmente nada que participe del carácter de las impresiones ordinarias. Es como si los cinco sentidos estuviesen reemplazados por 5.000 sentidos extraños a nuestra naturaleza mortal... En experimentos de esta naturaleza he llegado, desde luego, cuando la salud física y mental es buena, a asegurarme la existencia de las condiciones, es decir, puedo ahora, a menos que tenga mala salud, estar seguro de que la condición sobrevendrá, si lo deseo, en tiempo deseado, cuando antes de estos últimos tiempos no podía nunca estar seguro, aun en las circunstancias más favorables. Estoy, pues, ahora seguro de que en presencia de circunstancias favorables, la condición se presentará, y aun me siento el poder de hacerla presentarse y de obligarla a ello, bien que las circunstancias favorables no sean menos raras; de otro modo ya hubiera hecho descender el Cielo sobre la Tierra.» Mas veamos el sueño en la vasta arquitectura y en la evocatoria música de sus obras. En el ya citado poema «Dreamland» parece que el espíritu del lector comprensivo penetra en un imperio del misterio y de irrealidad, o de mágicas y divinas realidades.

Por un camino oscuro y solitario
Embrujado por malos ángeles,
Donde un Eidolon llamado Noche,
Sobre un negro trono reina, rígida,
No he entrado sino ha poco en ese país
De retorno de una vaga Thule lejana,
De una salvaje región fantástica que se extiende, sublime.
Fuera del Espacio, fuera del Tiempo.

Valles sin fondo y olas sin límites,
Abismos y cavernas y florestas titánicas
Cuyas formas escapan a todo ojo humano,

Bajo las lágrimas de rocío que caen;
Montañas que se derrumban sin cesar
En mares sin orillas;
Mares que sin reposo aspiran
A levantarse hacia cielos de fuego;
Lagos que sin fin muestran
Sus aguas solitarias, tristes y muertas,
Sus tristes aguas, tristes y heladas
Bajo la nieve de los lirios languidescientes.

Cerca de lagos que muestran así
Sus aguas solitarias, solitarias y muertas,
Sus tristes aguas, tristes y heladas,
Bajo la nieve de los lirios languidescientes
Sobre montañas, a lo largo de los ríos
Que murmuran muy bajo, murmuran sin cesar,
Bajo los bosques grises, en los pantanos
Donde habitan el sapo y la salamandra,
Cerca de los charcos y de los estanques siniestros,

Donde moran los Vampiros,
En todos los lugares más malditos,
En todos los rincones más lúgubres,
El viajero encuentra, espantado,
Las Sombras veladas del Pasado,
Fantasmas en sus sudarios que se estremecen y suspiran,
Al pasar cerca del hombre errante,
Fantasmas vestidos de blanco de amigos que la agonía,
Ha desde ha tiempo devuelto a la Tierra y al Cielo
Para el corazón cuyos males son legión,
Es esa una apacible y consoladora región;
Para el alma que yerra en fantasma,
Hay allí, oh, hay allí un Eldorado.

Es el ambiente de la pesadilla expresado por la primera vez de inaudita manera. Tiene razón Lauvrière, de recordar a este propósito al Shakespeare de *Macbeth*.

Otro reino de sueño es el que aparece en «The Haunted Palace», cuya descripción, sobre todo en el original inglés, transporta al arcánico mundo de los ojos cerrados. Lo propio que en «The Conqueror Worm», cuyo «drama abigarrado» contiene en su intriga «mucho de Locura, todavía más de Pecado y de Horror». En «To one in Paradise», nos hablará de que todos sus días son éxtasis.

> *Y todos mis sueños nocturnos*
> *Están allí, donde lucen tus ojos grises,*
> *Donde brilla la huella de tus pasos,*
> *¡Y qué danzas etéreas*
> *Cerca de qué ondas eternas!*

En «The Raven» advierte al comienzo en que aquella noche estaba cabeceando, casi dormido, sobre el libro viejo, cuando oyó que tocaban a la puerta del cuarto. Y cuando se asoma a las tinieblas de la puerta, largo rato está allí pensando, dudando, «soñando sueños que ningún mortal se atrevió todavía nunca a soñar». Y desde luego el cuervo es un pájaro de sueño. País de encanto sómnico es también el reino cerca del mar en donde vivía Annabel Lee, «In the kingdom by the sea...». ¿Y el de «Ulalume»?:

> *Los cielos eran de ceniza y tristes,*
> *Las hojas eran crispadas y resecas,*
> *Las hojas eran marchitas y resecas;*
> *Era la noche en el solitario octubre*
> *De mi más inmemorial año;*
> *Era cerca del oscuro lago de Auber,*
> *En medio de la brumosa región de Weir;*
> *Era allá cerca del húmedo pantano de Auber,*
> *En el bosque, embrujado de vampiros, de Weir.*

Tal continúa esa obsesionante narración de un lirismo desolado y contagioso. Y cuando Psique, su alma, le habla y le conjura a huir, él le dirá: «Todo eso no es sino sueños». Mas ya sabemos que son para él los sueños las únicas realidades.

3

En los cuentos el sueño es más imperativo, mezclado con esa prodigiosa facultad matemática que nos hace ver palpable lo increíble. Advierte Lauvrière que en los dieciséis cuentos del Folio Club que Poe escribió a los veinticuatro años, está contenido el germen de todos sus trabajos posteriores. Lo fantástico no es precisamente lo onírico, pero esto lo contiene. Egoeus o Usher, corre aventuras fantásticas «en el mundo de las realidades como en el país de los sueños». El héroe de «Silence» «hace del ensueño hechizador todo el asunto de su vida»; y busca la ayuda de los narcóticos. El adorador de Berenice la mira «como la Berenice de un sueño». En la atmósfera de un sueño aparecen Lady Rowena de Tremain, Eleonore, Morella, Ligeia, Madeline. «Las amantes de Poe –dice Lauvrière, yo diría las amadas– no tienen otro origen que el de criaturas míticas: son también hijas de sueños místicos y no de la carne viva, frágilmente tejidas de sombras y de rayos y no orgánicamente construidas de músculos y huesos.» En «Ligeia» dice: «En la exaltación de mis sueños de opio (pues yo estaba de ordinario sometido a la tiranía de ese veneno) pronunciaba su nombre en voz alta durante el silencio de las noches, o de día, en los refugios abrigados de los valles, como si, por la salvaje vehemencia, por la solemne pasión, por el devorante ardor de mi amor por la difunta, pudiese traerla al sendero que ella había abandonado –¡ah! ¿era, pues, para siempre?– sobre la tierra». Uno de sus biógrafos, Ingram, poseía una nota escrita por Poe en un ejemplar de «Ligeia», en el que el poeta declaraba haber sido su trabajo «sugerido por un sueño en el cual los ojos de la heroína le producían el intenso efecto descrito en el párrafo cuarto de la obra». En «Berenice» se acentúa la impresión de la pesadilla, sea o no de origen tóxico; como su «Assignation», como en «El retrato oval», como en «La máscara de la muerte roja», como en «Ligeia», como en el «Gato negro», como en casi toda la obra poeana, Lauvrière se fija en la herencia dañada, y en el alcohol, padre de terrores. Le recuerda la tremenda palabra de Lancereaux: «Le rêve térrifiant est l'apanage du buveur». ¿Recordáis la pesadilla perpetua de Arthur Gordon Pym? ¿Y no se refiere este personaje lívido a uno de sus espantosos sueños, en este párrafo de pavor?: «Toda suerte de calamidades y de horrores me asaltaron. Entre otras atrocidades, me ahogaba hasta morir bajo enormes almohadas amontonadas por demonios del aspecto más horrible y más feroz. Inmensas serpientes me apretaban en sus enlazamientos y me miraban fijamente en pleno rostro con sus ojos horriblemente chispeantes. Después, desiertos ilimitados, cuya extrema soledad inspiraba el más punzante terror, se extendían hasta perderse de vista ante mí. Gigantescos troncos de árboles grisáceos y desnudos perfilaban sus columnatas infinitas tan lejos cuanto el ojo podía alcanzar; sus raíces se ocultaban bajo bastas barcas cuyas tristes aguas pasaban, inertes, terribles en su negrura intensa, y esos árboles extraños parecían dotados de una vitalidad humana, agitaban aquí y allá sus brazos de esqueletos y gritaban gracias a las aguas silenciosas en agrios acentos penetrantes de la más áspera agonía, de la más intensa desesperación». El terror y la exaltación imaginativa, etílicos, están perfectamente patentes. A esto se agrega también el efecto tebaico. «Hemos visto –dice Lauvrière– en ciertas poesías, como "País de sueño", "El valle sin reposo" y "La ciudad del mar", cómo el opio presta a las visiones espontáneas del espanto sus atributos ordinarios de eternidad y de inmensidad; luego lo veremos dotar de la misma amplitud los vastos paisajes fantásticos de "Silencio"; pero como se trata en la mayor parte de esos cuentos de emociones dramáticas, le vemos sobre todo reforzar ese género de patético con todo el horror casi real de las peores pesadillas.» Agrega que en los «Recuerdos de Mr. Berloe» y en «Ligeia» es donde mayormente se demuestran los efectos del opio. Desde luego, el personaje mismo –que es el poeta– confiesa el uso de la droga negra. Y ¿qué paisaje, qué escena de sueño igual a la de «Silencio», que Lauvrière condensa?: «Fatigado, triste, soñador, el hombre está en un vasto desierto sin reposo: bajo el ojo rojo del sol poniente palpitan tiernamente ríos tumultuosos; gigantescos nenúfares suspiran tendiendo hacia el cielo sus largos cuellos de espectros; grandes árboles primitivos, todos empapados de rocío, balancean con un siniestro fracaso sus cimas despojadas; nubes grisáceas se precipitan en cataratas ruidosas sobre las murallas de fuego del horizonte; y de toda esa incesante perturbación de los elementos sale el implacable clamor: "Desolación". ¡Así como tiembla el hombre en esas soledades sin sosiego! Mas he allí que toda esa tumultuosa desolación se encuentra de repente por un demonio irónico herida de una maldición, la maldición del "Silencio"». La palabra de Poe llega al extremo de la expresión de las misteriosas y angustiosas impresiones de la pesadilla. «Y los lirios y el viento, y la floresta, y el cielo, y el trueno, y los suspiros de los nenúfares se callan; y la luna cesa de subir, vacilante, su sendero de los cielos; y el trueno expira; y el relámpago se apaga; y las nubes se suspenden inmóviles; y las aguas caen, inertes y niveladas; y los árboles cesan de balancearse y los nenúfares no tienen más suspiros; y no hay más murmullo entre las aguas, ni la sombra de un sonido en todo el vasto desierto sin límites. Y mis ojos cayeron sobre la faz del hombre y esta faz estaba lívida de horror. Y bruscamente levantó su cabeza de entre sus manos y avanzó sobre la roca y escuchó. Pero no hubo una voz en el vaso desierto sin límites y los caracteres inscritos sobre la roca eran: "Silencio". Y el hombre se estremeció y volvió el rostro, y se fue con toda rapidez, de modo que no le volví a ver jamás.» Nunca el verbo humano ha expresado lo indecible de manera igual.

«The facts in the case of the Mr. Valdemar» es otra pesadilla. Es uno de esos escritos que los nerviosos no deben leer nunca de noche. Otros puntos señala Lauvrière en otros cuentos que producen igual estremecimiento de horror, como en el «Entierro prematuro», «El pozo y el péndulo», «La máscara de la muerte roja». Aquí, cierto, lo pesadillesco llega a la exacerbación... «El personaje era grande y descarnado, envuelto de la cabeza a los pies en los vestidos de la tumba. La máscara que ocultaba el rostro representaba tan bien la fisonomía de un cadáver rígido, que la observación más atenta hubiera difícilmente descubierto el artificio. Todo eso hubiera sido, sin embargo, tolerado, si no aprobado por esos alegres locos. Pero la máscara había llegado hasta adoptar el tipo de la Muerte Roja. Su vestido estaba untado de "sangre", y su ancha frente, así como todos los rasgos de su cara estaban manchados de ese horror escarlata.» Y luego: «Y entonces se reconoció la presencia de la Muerte Roja. Ella había venido como un ladrón nocturno. Y uno a uno cayeron todos los convidados en las salas de la orgía regadas de sangre, y cada uno murió en la actitud desesperada de su caída. Y la vida del reloj de ébano se fue con el último de esos seres gozosos. Y las llamas de los trípodes expiraron. Y las Tinieblas, y la Ruina, y la Muerte Roja establecieron sobre todo su imperio ilimitado». Igual sensación de lo inexpresable se tiene en «La barrica de amontillado», en «El demonio de la perversidad», en «El corazón revelador», en «El gato negro». En «El entierro prematuro» habla de que «no conocemos sobre la tierra peor agonía; no podemos soñar nada tan horrible en los últimos círculos del infierno»; y hay allí páginas de un pavor sobrehumano. Llega a todo, dice su citado biógrafo, a fuerza de misterio, «pues el misterio –explica Poe– es el mejor resorte del terror», «pues el horror es tanto más horrible a medida que es más vago, y el terror más terrible a medida que es más ambiguo». En pavoroso sueño pasa toda esa desorbitada historia de las aventuras de Gordon Pym. La razón vacila, la imaginación padece en su desbordamiento. Repito que nunca la vida interior de la pesadilla ha sido así revelada por la palabra humana. Se ha necesitado de una influencia exterior, de un «farmakon», de un daimon que haya aguzado y superexcitado percepciones y revuelto neuronas. ¿Y no es lo mismo en el «Maelstrom», o en el «Manuscrito» encontrado en una botella? Bien cita Lauvrière la frase total de Barbey d'Aurevilly: «Desde Pascal tal vez, no ha habido nunca genio más espantado, más entregado a las ansias del terror, y a sus mortales agonías, que el genio pánico de Edgar Poe». Y es que el terror de Poe es el indecible terror lívido de los sueños, terror de muerte, de juicio final, meteórico, inexplicable. Es el Egoeus en «Berenice», es el de los invitados del príncipe Próspero, es el inenarrable pavor de Pym. Se lee en «Eleonore»: «Los hombres me llaman loco; pero la ciencia no ha decidido aún si la locura es, o no es, lo sublime de la inteligencia; si casi todo lo que es la gloria, si todo lo que es la profundidad no resulta de una enfermedad del pensamiento –de un "modo" del espíritu exaltado a expensas del intelecto general–. Los que sueñan de día están al corriente de mil cosas que escapan a los que sólo sueñan de noche. En sus grises visiones gozan de percepciones sobre la eternidad y se estremecen, al despertar, a la idea de que han estado al borde del gran secreto. Asen por trozos algo del conocimiento del bien y más aún de la ciencia del mal. Sin timón y sin brújula penetran en el vasto océano de la "luz inefable", y, como los aventureros del género de Nubia, "agressi sunt mare tenebrarum, quid in eo asset exploraturi"». En el diálogo entre Oinos y Agathos, dice el primero, en cierta parte: «Percibo claramente que lo infinito de la materia no es un sueño». A lo que responde Agathos: «No hay sueño en el Aidenn; pero nos está dicho que "el único" objeto de este infinito de materia es proveer fuerzas infinitas donde el alma pueda aliviar esa sed de "conocer" que existe en ella, inextinguible por siempre, pues extinguirla sería para el alma el anonadamiento completo».

Sueño hoy también en uno de los trabajos menos conocidos de Poe, «La isla del Hada». Y sueño en que no interviene por cierto lo terrorífico. Después de algunas reflexiones filosóficas, en él usuales, y de descripciones con su pintoresco singular, dice: «Como yo soñaba así, los ojos entrecerrados mientras el sol descendía rápidamente hacia su lecho, y que torbellinos corrían alrededor de la isla, llevando sobre su seno grandes escamas blancas, todas brillantes de la corteza de los sicomoros –escamas que en sus cambiantes posiciones sobre el agua, una viva imaginación hubiera podido convertir en tales objetos que hubiera querido–; mientras yo soñaba así, me pareció que la figura de una de esas mismas Hadas con que había soñado se desprendía lentamente de las luces occidentales de la isla para avanzar hacia las tinieblas. Se mantenía recta sobre un bote singularmente frágil y lo empujaba con un fantasma de remo. Mientras estuvo bajo la influencia de los últimos rayos declinantes, su actitud pareció expresar la alegría; pero la pena la deformaba a medida que pasaba a la sombra. Lentamente se deslizó a lo largo, dio poco a poco la vuelta a la isla y volvió a la región de la luz. La revolución que acaba de cumplir el Hada, continué yo en mi sueño, es el cielo de un breve año de su vida. Ella ha atravesado su invierno y su estío. Se ha acercado un año más de la muerte; pues he visto bien que, cuando entraba a la oscuridad, su sombra se desprendía de ella y se hundía en el agua sombría volviendo la negrura más negra. Y de nuevo el esquife apareció con el Hada; pero había en su actitud más cuidado e indecisión, y menos elástica alegría.

»Bogó de nuevo de la luz a la oscuridad que se profundizaba a cada instante, y de nuevo su sombra, desprendiéndose de ella, cayó en las aguas de ébano y fue absorbida en sus tinieblas. Y muchas veces todavía dio la vuelta a la isla, mientras el sol se precipitaba hacia su lecho, y cada vez que emergía en la luz había más dolor en su persona, se tornaba más débil, más desfalleciente, más indistinta; y cada vez que pasaba a la oscuridad se desprendía de ella un espectro más sombrío que se hundía en una sombra más negra. Pero al fin, cuando el sol hubo enteramente desaparecido, el Hada, entonces siempre fantasma de sí misma, se fue, inconsolable, con su barca, a la región del río de ébano, y si no salió jamás, no lo puedo decir, pues las tinieblas cayeron sobre todas las cosas y nunca más vi su encantadora figura». ¿Es el sueño? ¿Es la realidad?, pregunta Lauvrière. Es el sueño, respondo yo, con todas sus particularidades; y es un ambiente que tan sólo la música ha podido expresar antes de que en lengua inglesa se manifestase el fatídico ángel de tristeza y de misterio que dialogó con el Cuervo.

Sí, el sueño por toda la creación poeana: en la casa de Usher; en el castillo de Meidzinger; en la región de Weir; en la «lúgubre región de la Libia sobre las orillas del río Zaire», cuyas aguas tienen «un malsano matiz de azafrán»; en el valle sin reposo; en el país de Ulalume; en Morella, en William Wilson; en «La Asignación»: «Soñar, dijo él, soñar ha sido el asunto de mi vida. Me he creado, pues, como lo veis, un paraíso del sueño. ¿Podría darme uno mejor en el corazón de Venecia? No veis a vuestro rededor, es verdad, que una mezcla de decoraciones arquitecturales. La pureza de la Jonia se ofende de esos motivos prehistóricos, y esas esfinges de Egipto se alargan sobre tapices de oro. El efecto general no choca menos a los tímidos. Las conveniencias de lugar y sobre todo de tiempo son espantajos que privan a la humanidad de la contemplación de lo magnífico. Yo mismo me he dado antes al arte de la decoración: pero mi alma se ha resentido de esa exaltación de la locura. Todo esto conviene más a mi designio. Como la llama atormentada de esos incensarios árabes, mi alma en fuego se consume, y el delirio de este espectáculo no hace sino adaptarme a las visiones de otro modo extrañas de ese país de los sueños realizados a donde me apresuro a ir». Si Baudelaire creó un estremecimiento nuevo, su maestro Poe desencadenó verdaderos cataclismos y celomotos mentales. Lo que hay de más maravilloso en ese arte –escribe Bliss Perry, citado por Lauvrière– es que este artista agriado y solitario haya podido, con tan deplorables materiales como negaciones y abstracciones, sombras y supersticiones, fantasías desarregladas y sueños de horror físico, o crímenes extraños, realizar obras de tan imperecedera belleza.

Sueño hay también en la concepción cosmogónica del creador de «Eureka». Y por último, sueño en la existencia del hombre como en toda la obra del poeta. Y es que si en toda poesía existe el íntimo enigma de la belleza, en cierta poesía que traspasando el mundo de las formas penetra más profundamente en lo hondo del universo y en introspección dentro del alma propia, se diría que hay mayores vistas hacia lo eterno y hacia lo ilimitado, en el tiempo y en el espacio. Si es cierto que nuestra alma es inmortal y que percibe más allá de lo que le permiten durante la vida terrestre los medios de los sentidos corporales, Poe se adelantó al progreso de su espíritu, y percibió cosas que únicamente nos son apenas vagamente mostradas en los limbos de los sueños, en las brumas del éxtasis o en la supervisión de las posesiones poéticas.

El triunfo del gran yanqui –a pesar de que vacila a veces y habla de dificultad, de imposibilidad de expresar ciertas cosas–, es el haber logrado comunicar con los recursos de su idioma, algo de lo que aprendió a percibir en el reino místico y en los imperios de la sombra. Creeríase que bajo su cráneo lucía un firmamento especial. Y tiene expresiones, modos de decir que solamente pueden compararse a algunos de los libros sagrados. Parece a veces que hablase un iniciado de pretéritos tiempos, alguien que hubiera conservado vislumbres de sabidurías herméticas desaparecidas. Y aunque la fatalidad del Mal le persiguiese, conservóse puro y arcangélico el mago lírico, el poderoso Apolonida Trismegisto.

Índice

Prólogo, por José Olivio Jiménez 7

Cuento de Noche Buena 25
Thanathopia.. 30
La pesadilla de Honorio 36
El caso de la señorita Amelia 40
Verónica 47
El Salomón negro 52
D. Q. 56
La larva 60
Cuento de Pascuas 64
Huitzilopoxtli 74

Edgar Poe y los sueños 81